JUEGO DE VENGANZA
CATHY WILLIAMS

WITHDRAWN

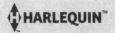

Editado por Harlequin Ibérica.
Una división de HarperCollins Ibérica, S.A.
Núñez de Balboa, 56
28001 Madrid

I.S.B.N.: 978-84-687-8920-0
Depósito legal: M-34162-2016
Impresión en CPI (Barcelona)
Fecha impresion para Argentina: 12.6.17
Distribuidor exclusivo para España: LOGISTA
Distribuidores para México: CODIPLYRSA y Despacho Flores
Distribuidores para Argentina: Interior, DGP, S.A. Alvarado 2118.
Cap. Fed./Buenos Aires y Gran Buenos Aires, VACCARO HNOS.

Capítulo 1

JAVIER Vázquez contempló su despacho con evidente satisfacción.

Había regresado a Londres después de pasar siete años en Nueva York y el destino era tan caprichoso...

Desde aquel envidiable mirador, protegido por paneles de cristal y acero, observó las concurridas calles de la ciudad, que desde allí parecía una miniatura. Minúsculos taxis y coches transportando personitas a los destinos que, fueran importantes o irrelevantes, requerían su presencia.

¿Y para él?

Una lenta sonrisa, completamente privada de sentimiento, curvó su hermosa boca.

Para él, el pasado había acudido a llamar a su puerta y sabía que eso era responsable del profundo sentimiento de satisfacción que lo llenaba en aquellos instantes. En realidad, en lo que se refería a despacho, aquel, por muy espectacular que fuera, no lo era ni más ni menos que el que había dejado atrás en Manhattan. Desde allí también había podido contemplar calles muy concurridas, casi sin fijarse en la marea de gente que, diariamente, fluía por ellas como un río vivo y vibrante.

Poco a poco, se había enclaustrado en una torre de marfil, como si fuera el dueño indiscutible de todo lo que observaba. Tenía treinta y tres años. No se conseguía reinar sobre la jungla de asfalto sin estar bien centrado en el juego. Había ido eliminando los obstáculos y, de esa manera, el tiempo había ido pasando hasta llegar al presente...

Javier miró su reloj.

Doce plantas más abajo, en el lujoso y amplio vestíbulo, Oliver Griffin-Watt llevaría ya esperando una media hora.

¿Se sentía Javier culpable por ello?

En absoluto.

Quería saborear aquel momento porque sentía que llevaba esperándolo una eternidad.

Sin embargo, ¿había pensado en los acontecimientos ocurridos hacía ya tantos años? Se marchó de Inglaterra a los Estados Unidos y había centrado su vida en el negocio de hacer dinero, en darle buen uso a la educación que sus padres le habían dado con mucho esfuerzo y, también, de paso, en enterrar un pasado con una mujer.

Hijo único de unos padres entregados que vivían en un barrio pobre de las afueras de Madrid, Javier se había pasado su infancia sin dejar de pensar en lo que sus progenitores se habían esforzado mucho por inculcarle: para salir de allí, tenía que alcanzar el éxito y, para alcanzar el éxito, debía estudiar. Y lo había conseguido.

Sus padres habían trabajado mucho. Su padre era taxista y su madre limpiadora. No habían pasado nunca necesidades, pero tampoco les había sobrado nada. Nada de vacaciones, ni de grandes televisores, nada de restaurantes. Sus padres gastaban lo mínimo para poder ahorrar todo lo que pudieran para cuando llegara el momento de enviar a su inteligente y precoz hijo a la universidad en Inglaterra. Conocían muy bien las tentaciones que esperaban a cualquiera que fuera lo suficientemente estúpido como para dejarse llevar. Tenían amigos cuyos hijos eran delincuentes o que habían muerto por sobredosis de drogas, jóvenes que habían perdido el norte y habían terminado en la calle.

Aquel no iba a ser el destino para su hijo.

Si, de adolescente, Javier se había lamentado de lo mucho que lo habían controlado sus padres, no habían protestado. Había sido capaz de ver por sí mismo, desde una edad muy temprana, lo que significaban las penurias económicas y lo mucho que podían limitar la vida de una persona. Había visto cómo sus amigos, los que solían hacer pellas constantemente en el colegio, terminaban en el arroyo. Cuando cumplió los dieciocho años, tomó su decisión y decidió que nadie podría apartarlo de ella: un año o dos fuera, trabajando para añadir el dinero a lo que sus padres habían ahorrado. Luego la universidad, donde tendría éxito porque era inteligente, más inteligente que nadie que él conociera. Por último, un trabajo bien pagado. Nada de empezar desde abajo e ir subiendo lentamente, sino un trabajo que tuviera un sueldo impactante. ¿Por qué no? Conocía su valía y no tenía intención de ocultarla.

No era solo un chico listo. Había mucha gente lista. Era también brillante, astuto del modo en el que solo se aprende en las calles. Poseía instinto para los negocios y, además, sabía cómo jugar duro y cómo intimidar. Esa clase de habilidades no se aprendían, eran innatas y, aunque no tenían cabida en el mundo civilizado, el mundo de los grandes negocios no siempre lo era. Resultaba útil tener esas valiosas habilidades escondidas en la manga.

Su destino era llegar a ser alguien importante y, desde la edad de diez años, no había tenido duda alguna de que así sería.

Había trabajado duro y había sacado el máximo partido a su inteligencia de modo que nadie pudiera superarle. Había terminado sin dificultad sus estudios en la universidad y había resistido la tentación de no hacer un Máster. Decidió al fin que un Máster en Ingeniería le abriría muchas más puertas que un simple título universitario y quería tener una amplia variedad de puertas abiertas para poder elegir.

Fue entonces cuando conoció a Sophie Griffin-Watt. La única tara de su cuidadoso plan de vida.

Ella era una estudiante de primer curso cuando Javier ya estaba terminando su Máster. Ya estaba pensando en las opciones de las que disponía y trataba de decidir cuál era la que mejor le convenía cuando abandonara para siempre la universidad, poco más de cuatro meses después.

Él no había querido salir, pero sus dos compañeros de piso, que normalmente eran tan aplicados como él, habían querido celebrar un cumpleaños y él había accedido a salir con ellos a tomar una copa.

La vio en el instante en el que entró en el pub. Joven, guapa, riendo con la cabeza echada hacia atrás mientras sostenía una copa en una mano. Llevaba puestos un par de vaqueros, una minúscula camiseta de tirantes y una cazadora vaquera del mismo tono que los pantalones.

Javier no había podido apartar la mirada de ella.

Eso era algo que él nunca hacía. Desde los trece años no había tenido que ir detrás de ninguna chica. Su físico era algo que siempre había dado por sentado. Las chicas lo miraban. Lo perseguían. Se ponían en su camino y esperaban que él se fijara en ellas.

Los chicos con los que compartía piso siempre le habían gastado bromas sobre la facilidad con la que podía chascar los dedos y tener a cualquier chica que deseara. Sin embargo, en realidad, la ambición de Javier no eran las chicas, aunque por supuesto formaban parte de su vida. Era un hombre apasionado, con una libido muy saludable y, por ello, estaba más que dispuesto a aceptar lo que se le ofreciera. Sin embargo, su objetivo, lo que movía su mundo, siempre había sido su insaciable ambición. Las chicas habían sido conquistas secundarias.

Sin embargo, todo pareció cambiar la noche que entró en aquel bar.

Sí. La había mirado fijamente sin poder evitarlo y ella no le había mirado a él ni una sola vez, aunque las chicas con las que estaba no dejaban de señalarlo entre sonrisas y susurros.

Por primera vez en su vida, se convirtió en el perseguidor. Tomó la iniciativa.

Ella era mucho más joven que las mujeres con las que solían salir. Javier era un hombre con objetivos grandes, importantes, por lo que no tenía tiempo para las jovencitas vulnerables con sueños románticos que implicaran sentar la cabeza. Había salido con un par de chicas en sus años en la universidad, pero, en general, había tenido como parejas a mujeres de más edad, mujeres que no buscaban un compromiso que él no estaba dispuesto a conceder. Mujeres con experiencia suficiente para comprender las reglas de Javier y comportarse según ellas.

Sophie Griffin-Watt representaba todo lo que, supuestamente, no le interesaba de una mujer, pero había mordido el anzuelo a la primera. ¿Se había debido en parte la obsesión que tenía hacia ella el hecho de que hubiera tenido que esforzarse, que hubiera tenido que jugar al cortejo a la antigua usanza? ¿Que le hubiera hecho esperar para, al final, no acostarse con él?

Sophie lo había tenido pendiente de un hilo y él se lo había permitido. No le había importado esperar. El hombre que se regía por sus propias reglas y que no se amoldaba a nadie había estado encantado de esperar porque había visto un futuro para ambos.

Desgraciadamente, había sido un necio y lo había pagado muy caro.

De eso, habían pasado ya siete años...

Volvió a su mesa y se inclinó para apretar el intercomunicador con su secretaria y decirle que Oliver Griffin-Watt podía subir.

La rueda había dado una vuelta completa. Jamás se había considerado la clase de hombre al que le interesara la venganza, pero la oportunidad de igualar la balanza había ido a llamar a su puerta. ¿Quién era él para negarle la entrada?

–¿Que has hecho qué?

Sophie miró a su hermano gemelo con una mezcla de pánico y horror absolutos.

Tuvo que sentarse. Si no lo hacía, las piernas dejarían de sostenerla. Sintió que se le empezaba a formar un dolor de cabeza y se frotó las sienes con el ligero movimiento circular que le permitieron sus temblosos dedos.

Hacía un tiempo, había sido plenamente consciente de todas las indicaciones de abandono en la enorme casa familiar, pero, a lo largo de los últimos años, se había acostumbrado al estado de decrépita tristeza del hogar en el que su hermano y ella habían pasado toda su vida. Ya prácticamente no se daba cuenta.

–¿Y qué otra cosa me habrías sugerido que hiciera? –protestó Oliver.

–Cualquier cosa menos eso, Ollie –susurró Sophie.

–Tú saliste una breve temporada con ese hombre hace años. Admito que era algo descabellado ir a verlo, pero me imaginé que no teníamos nada que perder. Me pareció cosa del destino que él tan solo llevara un par de meses de nuevo en el país. Dio la casualidad de que tomé el periódico que alguien se había dejado abandonado en el metro y, mira por dónde, ¿quién me estaba mirando desde las páginas de economía? ¡Ni siquiera es que yo vaya tanto a Londres! Fue pura casualidad. Y, demonios, necesitamos toda la ayuda que podamos conseguir.

Indicó las cuatro paredes de la cocina que, en una fría noche de invierno, con el fogón encendido y poca luz, podría confundirse con un espacio acogedor y funcional. Sin embargo, bajo la brillante luz de un día de verano, se veía perfectamente lo desangelada que era.

–Venga ya... Mira este lugar –dijo él con indignación–. Necesita tantos arreglos que no hay modo alguno de que podamos ni siquiera comenzar a cubrir los costes. Se está comiendo cada penique que tenemos y ya has oído lo que todos los agentes inmobiliarios nos han dicho. Necesita demasiado trabajo y cuesta demasiado dinero para que sea una venta fácil. ¡Lleva en el mercado dos años y medio! No vamos a poder librarnos nunca de esta casa, a menos que podamos hacer unos arreglos en condiciones y jamás vamos a poder hacer arreglo alguno a menos que la empresa empiece a dar beneficios...

–Y tú pensaste que ir a ver a... a...

Ni siquiera podía pronuncia su nombre.

Javier Vázquez.

A pesar de que había pasado tanto tiempo, los recuerdos de él se aferraban a ella tan perniciosos como la hiedra, rodeándole la cabeza y negándose a desaparecer.

Javier había entrado en su vida con la fuerza salvaje de un huracán y había hecho desaparecer todo lo que ella había planeado para su futuro.

Cuando pensaba en él, lo veía como era entonces, un joven muy maduro, con una presencia imponente que podía dejar en silencio una sala en el instante en el que entrara en ella.

Incluso antes de que hubiera caído presa de su embrujo, antes incluso de que hubiera hablado con él, había sabido que era peligroso. Su pequeño grupo de amigas bien educadas de clase alta no habían podido apartar la mirada de él en el momento en el que entró en el pub hacía ya siete años. Sin embargo, después de la primera mirada, ella había evitado hacerlo. Pero no había podido controlar los salvajes latidos de su corazón ni el pegajoso sudor que comenzó a cubrirle la piel.

Cuando Javier se acercó a ella sin prestar atención a sus amigas y comenzó a hablarle, Sophie estuvo a punto de desmayarse.

Él estaba haciendo un Máster en Ingeniería y era el hombre más inteligente que ella había conocido en toda su vida. Además, era tan guapo que le quitaba el aliento... También, era la clase de hombre al que sus padres no hubieran dado su aprobación. Exótico, extranjero y, sobre todo, sin dinero, algo que no parecía avergonzarle.

Su fantástica seguridad en sí mismo y el poder que emanaba de él la atrajeron y la asustaron al mismo tiempo. A sus dieciocho años, su experiencia con el sexo opuesto era bastante limitada y, en presencia de él, su limitada experiencia no parecía servirle de nada. A su lado, se sentía como una muchachita torpe, que estaba al borde de un abismo desconocido, dispuesta a abandonar la zona de confort que le había proporcionado su privilegiada vida.

Colegios privados, vacaciones de esquí, clases de piano y equitación los sábados por la mañana... Nada la había preparado para alguien que se pareciera lo más mínimo a Javier Vázquez.

No era bueno para ella, pero se había sentido tan indefensa como una gatita ante él.

—Podríamos hacer algo —le había murmurado él aquella noche en el pub, con una voz seductora que le había provocado una fuerte debilidad en las rodillas—. No tengo mucho dinero, pero puedes confiar en mí cuando te digo que te puedo hacer pasar los mejores momentos de tu vida sin un penique en el bolsillo...

Sophie siempre se había mezclado con gente de su

propia clase, niños y niñas mimados que jamás habían tenido que pensar mucho en lo que podría costar una buena noche de juerga. Oliver siempre lo había dado todo por sentado, pero ella siempre se había sentido algo culpable por la facilidad con la que se la animaba a tomar todo lo que deseaba, fueran cuales fueran los costes.

Su padre siempre había presumido de sus hermosos gemelos y les había colmado de regalos. Sophie era su princesa. Si, en ocasiones, ella se había sentido mal por el modo en el que su padre despreciaba a los que eran socialmente inferiores a él, no había dudado en apartar tales pensamientos. Fueran cuales fueran los fallos que tenía su padre, él la adoraba. Era una niña de papá.

Desde el momento en el que vio a Javier Vázquez y comprobó el modo en el que él la miraba a ella, supo que estaba jugando con fuego y que su padre sufriría un ataque al corazón si lo supiera.

Sin embargo, no había podido resistirse a las llamas.

Se había enamorado cada vez más de él, pero se había resistido al deseo que la empujaba a acostarse con él porque...

Porque era una romántica empedernida y porque una parte de ella se había preguntado si un hombre como Javier Vázquez la habría dejado tirada en cuanto hubiera conseguido meterla entre las sábanas.

Sin embargo, él no la había forzado y eso, en sí mismo, había acrecentado los sentimientos que tenía hacia él hasta el punto de que tan solo se sentía viva cuando estaba a su lado.

Había sabido desde el principio que aquello iba a terminar mal, pero hasta qué punto...

–Nunca creí que él accediera a verme –confesó Oliver mientras observaba brevemente el rostro compungido de su hermana antes de apartar la mirada–. Como te dije, no esperaba conseguir nada. De hecho, ni siquiera pensé que él me recordara... En realidad, solo lo vi en un par de ocasiones...

Aunque Sophie y Oliver eran gemelos, él había ido a otra universidad. Mientras que Sophie estudió Filología Clásica en Cambridge, Oliver se marchó al otro lado del Atlántico. Se fue a la edad de dieciséis años porque consiguió una beca deportiva para estudiar en el instituto, por lo que solo tenía contacto con su hermana cuando regresaba por vacaciones.

Ni siquiera había conocido todos los detalles de su relación con Javier cuando todo terminó unos pocos meses después de que comenzara. Solo había conocido una versión editada de lo ocurrido, aunque tampoco había estado muy interesado. Oliver tenía una capacidad muy limitada para empatizar con los problemas de los demás.

Por ello, Sophie no dejaba de preguntarse si debería haberse sentado con él para contarle todo lo ocurrido cuando regresó al Reino Unido. Sin embargo, para entonces había sido demasiado tarde.

Ella tenía un anillo de compromiso en el dedo y Javier ya no formaba parte de su vida. Roger Scott había sido el que la llevó al altar.

No podía soportar pensarlo.

–¿Entonces lo viste?

«¿Qué aspecto tenía? ¿Tenía aún esa sensual sonrisa que podía ponerle el vello de punta a una mujer?». Habían ocurrido tantas cosas a lo largo de los años, tantas cosas que habían acabado con sus sueños de juventud sobre el amor y la felicidad, pero aquella sonrisa era algo que no podía olvidar... No quería pensar en ella, pero no podía evitarlo.

–Ni lo dudé –dijo Oliver muy orgulloso, como si hubiera conseguido algo muy importante–. Pensé que tendría que inventarme toda clase de historias para poder ver al gran hombre, pero, de hecho, accedió a verme en cuanto descubrió quién era yo...

«Estoy segura de ello», pensó Sophie.

–Deberías ver su despacho, Sophie. Es increíble. Ese hombre vale millones. Más aún, miles de millones. No me puedo creer que estuviera sin blanca cuando lo conociste en la universidad. Deberías haberte quedado con él en vez de casarte con ese imbécil...

–No vayamos por ese camino, Ollie –repuso Sophie. Como siempre, se tensó al escuchar el nombre de su difunto esposo. Ocupaba su lugar en su pensamiento, pero hablar sobre él no solo era inútil, sino que abría heridas que aún estaban lo suficientemente recientes como para sangrar.

Roger le había enseñado mucho y una persona siempre debería estar agradecida por eso, aunque en su caso no fueran cosas demasiado agradables. Ella había sido joven, inocente y optimista y, si en aquellos momentos era una mujer dura e inmune a los sueños, era algo bueno porque significaba que ya nada ni nadie podría volver a hacerle daño.

Se levantó y miró por la puerta hacia el descuidado jardín. Entonces, se dio la vuelta y miró a su hermano.

–Te preguntaría qué fue lo que él te dijo, pero no serviría de nada porque no quiero tener nada que ver con él. Es... mi pasado y no deberías haber ido a verlo sin mi permiso.

–Está muy bien eso de ponerse en plan digno, Soph, pero necesitamos el dinero. Ese hombre tiene mucho y tiene un vínculo contigo.

–¡No tiene ningún vínculo conmigo! –gritó Sophie con fiereza.

Por supuesto que no había vínculo alguno entre ellos. Tan solo el odio. Seguramente, Javier la odiaba después de lo ocurrido. Después de lo que Sophie le había hecho.

De repente se sintió exhausta, por lo que volvió a sentarse en uno de los taburetes de la cocina y se agarró la cabeza entre las manos. Deseaba bloquearlo todo. El pasado, los recuerdos, el presente, los problemas... Todo.

—Me ha dicho que se lo pensará.

—¿Cómo has dicho? —preguntó ella levantando la cabeza rápidamente.

—Pareció muy compasivo cuando le expliqué la situación.

—Compasivo... —repitió Sophie, con una breve carcajada.

Javier Vázquez podía ser de todo menos compasivo. Como si hubiera ocurrido el día anterior, Sophie recordó cómo la miró cuando le dijo que iba a romper con él, porque, después de todo, no era el hombre adecuado para ella. Recordó la frialdad de sus ojos y el modo en el que sonó su voz cuando le dijo que esperaba no volver a verla porque, si sus caminos volvían a cruzarse, ella debería recordar que él ni olvidaría ni perdonaría nunca...

Sophie se echó a temblar.

—¿Qué fue exactamente lo que le dijiste, Ollie?

—La verdad. Le dije que la empresa está pasando por un mal momento y que, con todo el dinero que tu ex se gastó en estúpidos negocios que no llevaron a nada, dejó a la empresa en bancarrota y nos hundió a todos con él.

—Papá le permitió que realizara esas inversiones, Oliver...

—Papá... Papá no estaba en el lugar adecuado para poder detenerlo, hermanita. Y los dos sabemos que Roger se salió con la suya porque papá estaba cada vez más enfermo, aunque entonces no lo supiéramos y pensáramos que era mamá sobre la que nos teníamos que preocupar.

Los ojos de Sophie se llenaron inmediatamente de lágrimas. Fuera lo que fuera lo ocurrido, a ella le costaba culpar a sus padres por el curso que había terminado tomando su vida.

Previsiblemente, cuando sus padres se enteraron de lo de Javier, se mostraron horrorizados. Se negaron a conocerlo. Además de eso, no tardaron en empezar a aparecer los primeros problemas financieros. La empresa no había conseguido progresar con los tiempos. Además, el banco, que se había mostrado benevolente con ellos a lo largo de los años, terminó por perder la paciencia y exigió que se les devolviera su dinero. Dada la ausencia de su hermano, que seguía divirtiéndose y disfrutando de la vida en ignorancia al otro lado del Atlántico, Sophie se vio cargada con las confesiones de su padre. Ella siempre había sido la mano derecha de su progenitor.

Además, sus padres le dijeron que un extranjero sin un penique en el bolsillo no era digno de ella. Ya tenían suficiente estrés con sus problemas financieros como para que ella estuviera con un hombre que terminaría siendo como una esponja, porque ya se sabía cómo podían ser los extranjeros. Seguramente solo estaba con ella por su dinero.

Roger estaba deseando unirse a la empresa y acababa de heredar una gran cantidad de dinero por el fallecimiento de sus padres. ¿Acaso no estaban saliendo? ¿No era él ya prácticamente otro miembro más de la familia?

Sophie se quedó sin palabras al ver cómo su propia vida se organizaba sin que ella pudiera decir nada al respecto. Efectivamente, conocía a Roger desde hacía mucho tiempo y era un buen hombre y sí, también llevaban saliendo un tiempo. Sin embargo, Roger no era el hombre para ella y Sophie rompió con él incluso antes de que Javier apareciera en escena.

Pero su padre se había echado a llorar y ella jamás había visto llorar a su padre. Se había sentido tan confusa... Desgarrada entre el poder de un joven amor y el deber para con sus padres... Confiaba en que no esperaran que dejara la universidad cuando acababa de empezar...

No fue así. Pudo proseguir con sus estudios, aunque sus padres esperaban que se hiciera cargo de la empresa junto a Roger, quien pasaría a formar parte de la directiva si los dos cimentaban una relación que, evidentemente, a él le agradaba mucho.

Roger era tres años mayor que ella y tenía ya experiencia en el mundo empresarial. Iba a inyectar dinero en la empresa familiar, por lo que ocuparía su lugar en la junta directiva. Sophie supo leer entre líneas. Ella tendría que cumplir con sus obligaciones y casarse con él.

No había podido dar crédito a lo que estaba escuchando, pero al ver lo preocupados que estaban sus padres, al ver la vergüenza que sentían, supo que no podía hacer otra cosa.

¿Había conocido Roger estos planes? ¿Era esa la razón por la que se negaba a dejarla en paz, aunque solo habían estado saliendo ocho meses antes de que ella se marchara a la universidad? ¿Había estado buscándose un futuro en la empresa de sus padres?

Ella le llamó, se vio con él y se quedó asqueada cuando él le contó que conocía la situación en la que estaban los padres de Sophie. Estaba dispuesto a hacer lo correcto. Después de todo, estaba enamorado de ella... Siempre lo había estado...

Sin nadie en quien poder confiar, Sophie regresó a la universidad en un estado de profunda confusión. Allí se encontró con Javier. Ella nunca le contó nada, pero se dejó absorber por él. A su lado, sería capaz de olvidarse de todo.

Se dejó llevar por su amor. El pánico que sintió por lo que estaba ocurriendo en casa fue pasando a un segundo plano. Sus padres no habían vuelto a mencionar nada y pensó que el hecho de que no hubiera noticias era una buena noticia en sí misma. ¿No era eso lo que decía todo el mundo?

Volvió al presente al ver que su hermano le ofrecía una copa, que ella apartó.

–Tengo otra cita para ir al banco mañana –dijo ella–. Y podemos cambiar de inmobiliaria.

–¿Por cuarta vez? –le preguntó Oliver con una carcajada justo antes de terminarse su copa de un trago–. Acéptalo, Sophie. Tal y como van las cosas, si no tenemos cuidado estaremos endeudados el resto de nuestras vidas. La empresa está perdiendo dinero. La casa no se va a vender nunca. El banco nos la quitará para pagar lo que debemos y los dos nos quedaremos sin un lugar en el que vivir. Ni siquiera tenemos otro sitio en el que vivir. Tú dejaste la universidad para casarte con Roger y te fuiste a su casa. Yo tengo mi diploma, pero cuando llegué aquí todo había cambiado y los dos estábamos metidos en esto juntos, tratando de conseguir que la empresa funcionara...

La voz de su hermano había adquirido un timbre amargo que Sophie reconocía muy bien y sabía muy bien cómo terminaría todo. Oliver bebería hasta olvidar sus penas y se despertaría a la mañana siguiente presa de la resaca, pero con una especie de sedación que le ayudaría a olvidar los problemas, aunque fuera solo por un día. Era un hombre débil que no estaba preparado para aceptar la clase de situación a la que tenían que enfrentarse. Sophie odiaba no poder hacer nada más por él.

Oliver estaba bebiendo demasiado y, si las cosas no cambiaban pronto, veía que se avecinaba una tragedia.

Decidió apartar de su pensamiento las tristezas que atenazaban su vida y trató de centrarse en las pocas cosas felices que había en ella.

Tenía salud. Además, su madre estaba bien, acomodada en una casita en Cornualles, lejos de los problemas que los afligían en aquellos momentos a su hermano y a ella.

Dadas las circunstancias económicas en las que se encontraban, tal vez fue un gasto algo innecesario, pero cuando Gordon Griffin-Watt murió, a los dos hermanos les pareció imperativo conseguir que Evelyn, su madre, que también se encontraba en una situación muy delicada de salud, saliera adelante. Sophie tomó todo el dinero que había disponible y compró aquella casa en Cornualles, donde vivía la hermana de Evelyn. Y había merecido la pena. La felicidad de su madre era lo mejor de sus vidas, sobre todo porque no sabía los problemas que afligían a sus gemelos y eso era bueno. Su salud jamás podría soportar el estrés de conocer que iban a perderlo todo. Lo mejor que había hecho Gordon había sido negarse a contarle a su esposa los problemas financieros que tenían. Evelyn ya había sufrido dos ictus y no había querido provocarle un tercero.

—Vázquez está dispuesto a escuchar lo que tengamos que decirle.

—Javier no hará nada para ayudarnos. Confía en mí, Ollie.

—¿Y cómo lo sabes? —replicó su hermano mientras se servía otra copa y la observaba con expresión desafiante en el rostro.

—Porque lo sé.

—Pues ahí es donde te equivocas, hermanita.

—¿Qué quieres decir? ¿De qué estás hablando? ¿Y… crees que deberías tomar otra copa cuando ni siquiera son las cuatro de la tarde?

—Dejaré de beber cuando no esté preocupado a todas horas por si tendré un techo bajo el que cobijarme la semana que viene o si tendré que empezar a pedir por las calles para conseguir unas monedas.

Se tomó la copa y volvió a llenar el vaso con gesto desafiante. Sophie ahogó un suspiro de desesperación.

–Dime lo que te dijo Javier –insistió ella.

–Quiere verte.

–¿Cómo?

–Dice que considerará ayudarnos, pero quiere hablarlo contigo. En realidad, me pareció un gesto por su parte...

Sophie sintió náuseas al escuchar aquellas palabras.

–Eso no va a ocurrir.

–¿Prefieres vernos a los dos viviendo debajo de un puente en Londres, tapándonos con periódicos? –le espetó Oliver–. Estamos hablando de tener una conversación de veinte minutos con un antiguo novio, por el amor de Dios...

–No seas estúpido... No vamos a terminar viviendo debajo de ningún puente.

–Te aseguro que no nos falta mucho, Sophie.

–Voy a ir al banco mañana para pedirles un préstamo con el que mejorar nuestro sistema informático...

–Pues buena suerte... Te dirán que no. Los dos lo sabemos. ¿Y qué crees que va a pasar con ese dinero que le damos a mamá todos los meses? ¿Quién crees que la va a mantener si lo perdemos todo?

–¡Basta ya!

Sophie nunca había querido evitar la realidad, pero, en aquellos momentos, quería que pasara a un segundo plano. Sin embargo, no podía. El peso de su futuro volvía a descansar sobre sus hombros, pero Oliver....

Oliver no sabía nada. Lo único que veía era un ex que tenía mucho dinero y que podría estar dispuesto a ayudarles prestándoles una cantidad a un interés razonable por los viejos tiempos. Sophie no podía culparle.

–Le dije que estarías mañana en su despacho a las seis –dijo Oliver mientras se sacaba del bolsillo un trozo arrugado de papel y lo dejaba sobre la mesa.

Sophie lo tomó y vio que había escrita una dirección

y un número de móvil. Solo mirar aquellas dos líneas que la conectaban directamente con su pasado le aceleraban con fuerza los latidos del corazón.

–No puedo obligarte a ir a verlo, Sophie –comentó Oliver mientras se ponía de pie con la botella de whisky en una mano y el vaso vacío en la otra–, pero si decides ir al banco cuando ya nos han rechazado en el pasado y amenazan con quitárnoslo todo, tú verás. Si optas por ir a verlo, te estará esperando en su despacho.

Sophie se quedó sola en la cocina. Suspiró y se reclinó sobre la silla con los ojos cerrados.

No tenía elección. Su hermano jamás la perdonaría si no iba a ver a Javier. En realidad, Oliver tenía razón. Al ritmo que iban las cosas, no tardarían mucho en perderlo todo. Además, ¿quién querría comprar una casa en el campo que estaba en un estado lamentable? Desgraciadamente, no se podían permitir venderla a cualquier precio porque había sido rehipotecada.

Podría ser que Javier se hubiera olvidado de cómo habían terminado las cosas entre ellos... Podría ser también que él hubiera cambiado, que tuviera mejor carácter. Tal vez les ofrecería un préstamo a bajo interés por el breve pasado que habían compartido. Tal vez pasaría por alto lo desastrosamente que aquel breve pasado había terminado...

En cualquier caso, no tenía opción. Sencillamente, tendría que ir a ver a Javier...

Capítulo 2

SOPHIE contempló el edificio que había al otro lado de la concurrida calle. Se trataba de una altísima torre de cromo y cristal.

Ella nunca había tenido deseo alguno de vivir en Londres. La multitud de gente que la rodeaba frenéticamente le recordó lo mal preparada que estaba para el fiero ritmo de aquella gran ciudad.

Sin embargo, tampoco se había imaginado que se vería condenada a vivir en el pequeño pueblo en el que creció, en el condado de Yorkshire. A sus padres les encantaba vivir allí porque tenían muchos amigos en la zona.

Sophie no tenía nada.

Como había ido a un internado desde la edad de trece años, sus amigos estaban principalmente en el sur de Inglaterra.

Vivía en una mansión que se estaba desmoronando, sin amigos a mano con los que pudiera compartir sus penas diarias. Eso en sí mismo le recordó por qué estaba allí.

Debía ver a Javier para tratar de conseguir un préstamo que pudiera sacarla de la situación en la que se encontraba. Para que su hermano y ella pudieran tener algo parecido a una vida sin preocupaciones.

Tenía que liberarse del terror que la atenazaba y mirar qué podía conseguir. Aquello no era una visita que realizaba a un amigo. Era una reunión de negocios. Prefería considerarla así porque le permitiría borrar la horripilante parte personal de aquella cita.

Trató de borrar los rasgos del rostro de Javier superponiéndolos con los del director del banco: sin fuerza, regordete, medio calvo...

Tal vez él también estaba regordete y medio calvo. Eso le dio esperanza y la animó a cruzar la calle.

Se había vestido muy cuidadosamente. De hecho, llevaba puesto lo mismo que había pensado ponerse para ir a ver al director del banco: una falda negra por debajo de la rodilla, una blusa blanca y unos zapatos planos de color negro. Además, se había recogido el cabello por encima de la nuca. Su maquillaje era discreto. Solo un poco de rímel, un brillo de labios muy natural y un colorete muy ligero. No había ido allí para causar impresión, sino porque se había visto arrinconada y tenía que enfrentarse a una situación muy desafortunada.

Prefería no pensar en el pasado para no hacer pedazos la frágil seguridad en sí misma que sabía que necesitaría para aquella reunión.

Lo importante era que Oliver estuviera contento. Por primera vez en mucho tiempo, la mirada se le había iluminado y ella había sentido que el vínculo que compartían como gemelos que eran volvía a hacerse fuerte entre ellos.

Al llegar a la acera de enfrente, respiró profundamente y empujó las puertas de cristal del imponente edificio. No tardó en verse en el vestíbulo más impresionante que había visto en toda su vida.

Naturalmente, Javier no era dueño del edificio, pero su empresa ocupaba cuatro plantas del mismo. Comenzó a creer que Oliver no se había equivocado al decir que era muy rico. Una persona tendría que tener mucho dinero a su disposición para poder permitirse el alquiler de cuatro plantas entera en un edificio como aquel.

¿Cuándo había ocurrido eso?

Cuando lo conoció, Javier no tenía ni dónde caerse muerto. Mucha ambición, sí, pero en aquellos momentos la ambición aún no había comenzado a transformarse en dinero.

Por aquel entonces, trabajaba en el gimnasio local para conseguir un poco más de dinero, entrenando a los clientes con el saco de boxeo. Si uno no hubiera sabido que era un estudiante de primera clase, se le podría haber tomado por un luchador.

Nunca hablaba mucho de su pasado, pero Sophie sabía que sus padres no tenían mucho dinero. Cuando ella lo veía en el gimnasio, tan musculado, sudoroso y centrado, se preguntaba a menudo si habría participado en muchas peleas en las calles de Madrid.

Y de eso, había sido capaz de llegar hasta el bloque de oficinas más caro de todo el país y probablemente de toda Europa.

¿Quién lo habría imaginado?

Tal vez, si hubiera seguido su progreso a lo largo de los años, habría estado preparada para todo aquello. Sin embargo, para ella, aquellos años habían desaparecido en un remolino de estrés e infelicidad.

Levantó el rostro y cuadró la mandíbula para tratar de hacer desaparecer la autocompasión que amenazaba con arrebatarle el valor.

Se acercó al mostrador de Recepción y una de las mujeres que trabajaba allí consultó el ordenador y le dijo que, efectivamente, el señor Vázquez estaba esperándola y que llamaría a Recepción para indicar cuándo estaba preparado para recibirla. Mientras tanto, Sophie debía esperar en el vestíbulo. La mujer le indicó unos sofás que había a un lado.

Sophie se preguntó cuánto tiempo debería esperar. Oliver admitió que él tuvo que esperar una eternidad antes de que Javier se dignara a recibirlo, por lo que se preparó para una larga espera. Por eso, se sorprendió mucho cuando, cinco minutos más tarde, la recepcionista la llamó y le indicó que tomara el ascensor privado para subir a la planta dieciocho.

–Normalmente, alguien la acompañaría –le dijo la mujer con una cierta curiosidad y maliciosa envidia en la voz–. Supongo que debe usted de conocer al señor Vázquez.

–Más o menos....

Sophie se dirigió al ascensor indicado y entró. Se trataba de un cubículo de cristal que reflejaba su imagen en un mosaico de pequeñas luces reflejadas. Entonces, las puertas se cerraron y comenzó a subir. Ella sintió que se le hacía un nudo en la garganta. Le parecía que iba a introducirse en la guarida del león...

Ya subía.

Javier nunca había sido proclive a sentirse nervioso, pero, en aquellos momentos, debía confesar una ligera tensión en el pecho ante la perspectiva de volver a verla.

Por supuesto, después de la visita de su hermano, había sabido con total certeza que volvería a verla. Tan cierto como que después de la noche sigue el día, en lo que se refería al dinero, el orgullo era lo primero en sacrificarse. Y los dos hermanos necesitaban dinero. Desesperadamente. De hecho, mucho más de lo que Oliver había confesado. En cuanto él se marchó de su despacho, Javier investigó su situación y descubrió que esta era insostenible. Les faltaban como mucho seis meses antes de que lo perdieran todo.

Sonrió y apartó la silla de la mesa. Entonces, entrelazó los dedos y pensó en cómo iba a conducir aquella reunión.

Por supuesto, sabía perfectamente lo que quería. Eso le sorprendió porque había creído sinceramente que había olvidado aquella desgraciada porción de su pasado. Aparentemente, no había sido así.

En el momento en el que Oliver comenzó a suplicarle su ayuda, Javier supo lo que quería y cómo lo conseguiría.

La deseaba a ella.

Sophie era el único asunto inacabado de su vida y no se había dado cuenta de lo mucho que aquello le fastidiaba hasta que se le presentó en bandeja de plata la oportunidad de darle carpetazo.

Nunca se había acostado con ella.

Ella le había ido dando largas, tal vez porque le gustaba ver cómo sus amigas suspiraban de envidia por el hecho de que ella hubiera conseguido atraer la atención de un chico malo. ¿Acaso no decían eso de las niñas ricas y mimadas, que siempre se sentían atraídas por el lado oscuro porque les proporcionaba una emoción ilícita?

Por supuesto, jamás se casaban con los chicos malos. Eso era impensable.

Javier apretó los labios al recodar lo ocurrido durante su breve relación.

Recordó el modo en el que ella había jugado con él, utilizando una mezcla de inocencia y malicia con una sensual tentación. Le había permitido que la tocara, pero no que saboreara toda la cena. Javier se había visto limitado a los entremeses cuando lo que él quería era devorar todos los platos, incluso el postre.

Había llegado al punto de desear pedirle que se casara con él. Le habían ofrecido un puesto en Nueva York y la quería a su lado. Se lo había sugerido sin decirlo abiertamente, pero ella debió de sospechar que Javier iba a proponerle matrimonio.

Solo pensar en lo estúpido que había sido le hacía apretar los dientes de ira.

Ella era la única mujer que había conseguido llegarle al corazón y la única que se le había escapado.

Se obligó a relajarse, a respirar lentamente, a soltar la amargura que se había apoderado de él ante el inminente reencuentro con Sophie. La mujer que tanto daño le había hecho.

La mujer que lo había utilizado para divertirse, sin implicarse con él, reservándose para uno de esos idiotas de la clase alta que formaban parte de su mundo.

En aquellos momentos, era inmune al dolor porque era mayor y tenía más experiencia. Sabía lo que quería y lo conseguía. Ansiaba la seguridad financiera que era inmune a todo posible cambio. Eso era lo único que le importaba.

Las mujeres eran una vía de escape necesaria y él gozaba con ellas, pero no interferían en absoluto con su ambición. Si hubiera tenido aquel nivel de control cuando conoció a Sophie, tal vez no se hubiera enamorado de ella. Sin embargo, ya no servía de nada llorar por la leche derramada. No se podía cambiar el pasado, pero eso no significaba que no pudiera haber venganza...

Sintió su presencia antes de que ella llamara a la puerta. Le había dado la tarde libre a su secretaria porque algo le impulsaba a ver a Sophie sin la presencia de su asistente. Eva le había acompañado desde Nueva York. Se trataba de una viuda de sesenta años, originaria del Reino Unido y cuya familia al completo vivía en las Islas Británicas, por lo que estuvo encantada de regresar a Londres. Podía confiar ciegamente en ella, pero aun así...

Volver a ver a Sophie después de tanto tiempo le resultaba demasiado íntimo...

En realidad, si era sincero consigo mismo, estaba casi deseando volver a verla mientras que ella...

Se recostó contra su butaca y decidió que, seguramente, él era la última persona del mundo entero a la que ella deseaba ver. Sin embargo, la necesidad mandaba...

–Entra.

Aquella voz profunda y familiar heló a Sophie hasta el hueso. Respiró profundamente y accionó el pomo de la puerta y la abrió. Observó un espléndido despacho que era tan sofisticado como había previsto.

Había esperado que los años hubieran hecho cambiar físicamente a Javier y, por supuesto, que hubiera dejado de ser el duro, peligroso y orgulloso hombre que había conocido.

Se había equivocado.

Seguía siendo tan peligroso como lo recordaba. Más aún. Observó los angulosos detalles de su hermoso rostro. Siempre había sido muy guapo y exótico, con hermosos y masculinos rasgos y unos ojos oscuros enmarcados por las pestañas más largas que había visto nunca en un hombre.

Seguía siendo tan guapo como entonces, pero poseía además una contención que sugería claramente el duro camino que había tenido que recorrer para llegar hasta lo más alto. Sus ojos oscuros se mostraban cautelosos e inescrutables.

Cuando ella llegó junto a la silla que había frente a su escritorio, se dio cuenta de que Javier no la había invitado a sentarse, por lo que permaneció de pie, con una mano sobre el respaldo, sumida en un silencio tenso y eléctrico.

–¿Por qué no te sientas, Sophie?

Javier la miró, disfrutando con el rubor que cubría las mejillas de ella y también con el hecho de que ella estuviera de pie, temblando delante de él en su papel de suplicante. También estaba disfrutando mucho más que eso...

Era más hermosa que la imagen que tan cuidadosamente tenía guardada en su pensamiento. No podía ver lo largo que tenía el cabello, pero sí que seguía siendo del mismo vibrante color que cuando la conoció por primera vez. Castaño cobrizo con reflejos rubios, representando un colorido muestrario de mechas completamente naturales.

Tampoco había engordado a lo largo de los años. De hecho, parecía más delgada que nunca, demasiado incluso. Unas profundas ojeras enmarcaban sus ojos color violeta.

Era la imagen viva de lo que el estrés podía hacerle a una persona, en especial a una que había sido educada para esperar tan solo lo mejor de la vida. A pesar de todo, seguía siendo tan hermosa como recordaba. Parecía una modelo, elegante, con largas piernas y muy hermosa, pero carecía de la dureza de alguien con esa clase de belleza. Siempre le había parecido que ella se sorprendía ligeramente cuando los hombres se volvían para mirarla. Una mentira más, seguramente. Una de las muchas cosas que había utilizado para engatusarle y que habían sido falsas.

–Y bien... –dijo él por fin–. ¿Por dónde empezamos? Hace tanto tiempo desde la última vez que nos vimos...

Sophie tomó asiento y se aclaró la garganta. Tenía la espalda muy recta y las manos sobre el regazo, aferrándose al bolso de diseño, una reliquia del pasado cuando el dinero, aparentemente, no era ningún problema.

–Mi hermano me ha informado de que podrías estar interesado en proporcionarnos un préstamo –respondió ella yendo directamente al grano. No había razón para andarse por las ramas. Aquello era una reunión de negocios. Además, estaba segura de que Javier no iba a prestarles el dinero, así que ¿por qué prolongar la agonía?

A pesar de todo, los recuerdos le ganaron la partida. Seguía siendo tan guapo... Era el mismo hombre que, en el pasado, la había hecho reír, la había hecho vibrar con solo mirarla, el hombre que la había deseado y que la había perseguido con una intención y una pasión que ella no había conocido nunca.

Sin embargo, en cuanto parpadeó, la imagen desapareció y vio que él seguía observándola con frialdad y distanciamiento.

–Vaya, vaya, Sophie... ¿No me digas que de verdad esperabas entrar en mi despacho y encontrarte con los papeles de un préstamo ya preparados y esperándote para que pudieras volver rápidamente a... a Yorkshire? –añadió tras dudarlo un instante–. Creo que deberíamos al menos relajarnos y charlar un poco antes de que comencemos a hablar de dinero...

Sophie se preguntó si aquellas palabras significaban que él accedería a prestarles el dinero que tan desesperadamente necesitaban.

–Te ofrecería un té o un café, pero mi secretaria ya se ha marchado, pero puedo ofrecerte...

Se levantó y Sophie notó la fortaleza que emanaba de su cuerpo. Hacía años había sido fuerte y amenazador, con la clase de físico que la ropa puede ocultar a duras penas, y lo seguía siendo siete años después. Más aún, si cabe, dado que la fuerza física iba a acompañada por el poder que emanaba de él. Observó cómo él se dirigía al bar, que estaba situado al otro lado, en una sala individual.

Era un despacho muy lujoso. En realidad, lo único que le faltaba era una cama.

Sophie sintió que las mejillas se le ruborizaban y se humedeció los labios con la lengua. Podría ser que él estuviera casado y que tuviera un par de hijos, pero no lo parecía. Sin embargo, seguro que habría una mujer en alguna parte.

–Tómate una copa conmigo, Sophie.

–No, gracias.

–¿Por qué no?

–Porque...

No pudo completar la frase, pero vio que él la había ignorado completamente. Se dirigía hacia ella con una copa de vino en la mano.

–Porque... ¿qué?

Javier se sentó sobre escritorio, mirándola con la cabeza inclinada hacia un lado.

–¿Por qué no dejas de andarte por las ramas y empiezas a meterte conmigo para que demos este asunto por terminado? –le preguntó mientras aceptaba la copa. Lo miraba con gesto desafiante–. Sabía que no debería haber venido.

–¿Meterme contigo? –replicó él con voz suave. Entonces, se encogió de hombros–. Ocurren cosas y las relaciones se terminen. Éramos jóvenes. No es para tanto.

–Sí... –afirmó Sophie con cierta intranquilidad.

–Tu hermano me ha dicho que eres viuda...

–Roger murió en un accidente hace tres años.

–Una tragedia. Se te debió de romper el corazón.

–Siempre es una tragedia cuando fallece alguien que está en la flor de la vida –repuso ella ignorando el sarcasmo de la voz de Javier. Ciertamente no iba a fingir el papel de afligida esposa cuando su matrimonio había sido una farsa desde el principio–. Tal vez no sepas que mi padre ya no está tampoco entre nosotros. No sé si te lo ha dicho Ollie, pero sufrió un tumor cerebral. Como ves, la vida no ha sido amable para mi hermano y para mí, pero estoy segura de que debiste de darte cuenta en el instante en el que él entró aquí –añadió. Bajó los ojos y tomó un sorbo de la copa de vino antes de dejarla sobre el escritorio.

–Lo siento mucho –dijo él. Jamás se había dado un pésame de una manera menos sincera–. ¿Y tu madre?

–Ahora vive en Cornualles. Le... le compramos una casita allí para que pudiera estar lejos de todo... Ha estado bastante delicada de salud y el aire del mar le sienta bien. ¿Y tú?

–¿Y yo? ¿Qué quieres saber sobre mí? –preguntó Javier frunciendo el ceño. Entonces, se levantó del escritorio y regresó a su sillón.

–¿Te has casado? ¿Tienes hijos?

La situación era tan artificial y tan surrealista que resultaba casi cómica. Sin embargo, por suerte, Sophie no se había visto sometida a la clase de ataque despiadado que había temido en un principio.

Al menos, aún no.

–Esto no tiene nada que ver conmigo –replicó él–, aunque, como respuesta a tu pregunta, he llegado a la conclusión de que las mujeres, como proyecto a largo plazo, no tienen cabida en mi vida en estos momentos. Bien, he visto que la situación ha cambiado para vosotros –añadió cambiando de tema. Entonces, abrió un cajón y sacó una hoja de papel que le mostró inmediatamente a Sophie–. Las cuentas de vuestra empresa. De la opulencia a la miseria en unos pocos años. Aunque, si te fijas bien, verás que la empresa no ha sido bien dirigida desde hace bastante más tiempo. Tu difunto esposo no llevó a cabo la promesa que hizo de que una inyección de dinero podría poner a salvo el negocio familiar. Supongo que tú estabas ocupada jugando a ser la esposa modelo y que no te diste cuenta de que él había estado fundiendo grandes sumas de dinero en negocios sin futuro que, por supuesto, no reportaron beneficio alguno.

Sophie miró fijamente el papel. Se sentía como si se hubiera quedado completamente desnuda delante de él.

–Lo sabía –dijo por fin. ¿Jugando a ser la esposa modelo? Nada más lejos de la realidad.

–Dejaste tus estudios para casarte con un hombre que

se gastó el dinero en... echemos un vistazo. Opciones de transporte para la agricultura ecológica. Una planta eólica que no llegó a nada. Varias incursiones en el negocio inmobiliario que no llegaron a nada. Un polideportivo que se construyó y que luego se abandonó porque no se había solicitado el permiso de obra adecuado. Y durante ese tiempo, el negocio de transportes de tu padre, que en el pasado dio muchos beneficios, estaba perdiendo dinero a montones. Y tú lo sabías...

—No había nada que pudiera hacer —replicó ella. Le odiaba por lo que estaba haciendo, aunque sabía que, si Javier les prestaba el dinero, tenía que saber exactamente en lo que se estaba metiendo.

—¿Sabes dónde más estaba tu marido fundiendo el dinero, a razón de varios cientos de miles de libras?

Ella lo miró con la ira reflejada en los ojos.

—¿Por qué estás haciendo esto?

—¿El qué?

—Dejándome en ridículo. Si no quieres ayudarnos, te ruego que me lo digas y me marcharé. Nunca más volverás a verme.

—Está bien —le espetó Javier. Se recostó sobre su sillón y la observó.

Sophie nunca había yacido en su cama. Jamás había visto aquella gloriosa melena extendida sobre sus almohadas. Había tocado aquellos firmes pechos, pero tan solo a través de la ropa. Nunca los había saboreado, ni siquiera los había visto. Antes de que lo hiciera, antes de que él pudiera demostrarle el alcance de su pasión y de su deseo, Sophie se había marchado. Se había marchado directamente al altar, a los brazos de un imbécil cuya existencia ella ni siquiera le había mencionado durante los meses que estuvieron juntos.

De repente, se la imaginó sobre la cama de su ático, una de las propiedades que tenía en la capital. Fue una visión tan clara que le provocó una rápida erección. Tuvo que respirar profundamente para conseguir controlarse.

–¿No te vas a marchar? –le preguntó por fin.

Sophie representaba un asunto inacabado para él. Un asunto que se aseguraría de terminar aunque fuera lo último que hiciera. Después, se vería libre de aquella mujer.

–Apostaba –admitió ella antes de apartar la mirada.

–Y también lo sabías.

Sophie asintió.

–¿Y tampoco pudiste hacer nada al respecto?

–Supongo que nunca has vivido con nadie que tenga una adicción tan destructiva. Uno no se puede sentar a hablar con ellos y luego esperar que cambien de la noche a la mañana.

–Pero se puede asesorarlos con firmeza para que busquen ayuda profesional.

Javier sentía curiosidad. La imagen de la pareja que había tenido era la de una feliz y joven esposa enamorada de su Príncipe Azul. Después, tras inspeccionar las cuentas, había llegado a la conclusión de que estaba tan ciegamente enamorada que no había sabido del comportamiento descontrolado de su pareja. Sin embargo...

–Roger era un hombre adulto. No quería ayuda. Yo no era capaz de meterlo en un coche y llevarlo a una asociación para adictos al juego. No quiero seguir hablando sobre mi matrimonio. Es pasado.

–Ciertamente –murmuró Javier.

Cuando pensaba sobre el otro hombre, se volvía loco. Los celos se apoderaban de él por haberse visto privado de la mujer que creía que debería haber sido suya.

Una locura.

¿Desde cuándo había considerado a una mujer su posesión?

–Sin embargo –musitó él–, ¿cuándo dejamos de verdad atrás el pasado? ¿No te parece que nos persigue como una conciencia culpable, incluso cuando nos gustaría olvidarnos de él para siempre?

–¿Qué quieres decir?

–Me dejaste...

–Javier, no lo comprendes...

–No. Ni deseo hacerlo. Esto no tiene nada que ver con lo que te motivó.

–Efectivamente. Quiero que sepas que no quiero que me des el dinero, Javier. Tan solo te pido un préstamo. Te lo devolveré todo, hasta el último penique.

Javier soltó una carcajada.

–¿De verdad? Me muero de la risa que una estudiante de Filología Clásica, que nunca se graduó, y su hermano con su beca deportiva puedan dirigir con éxito una empresa como para que empiece a dejar dividendos, y mucho menos una empresa que está en las últimas.

–Contamos con gente muy preparada en la empresa...

–Ya los he investigado. Si fuera tú, los despediría a casi todos.

–¿Los has investigado?

Javier se encogió de hombros.

–Probablemente sé más sobre tu empresa que tú misma. ¿Y por qué no? Si voy a invertir mi dinero, tengo que saber exactamente en qué me estoy metiendo.

–Entonces, ¿me estás diciendo que nos vas a ayudar?

–Ayudaré –dijo con una sonrisa–, pero no hay nada gratis en este mundo. Habrá condiciones...

–Perfecto –repuso ella. Por primera vez en mucho tiempo, la nube parecía estar levantándose. Se había equivocado con Javier. Iba a ayudarles y ella quería sollozar de alegría–. Sean cuales sean las condiciones, no representarán un problema. Te lo prometo.

Capítulo 3

TAL vez deberíamos ir a otro lugar para seguir hablando de esto.

–¿Por qué?

Aquella sugerencia provocó pequeños escalofríos de alarma en Sophie. Casi no se podía creer que estuviera sentada allí en el despacho de Javier, enfrentándose al hombre que llevaba turbando su pensamiento desde hacía años. Todo lo que había ocurrido desde el momento en el que una jovencita se enamoró perdidamente de un hombre equivocado se interponía entre ambos como un abismo insondable.

Había tanto que él no sabía...

Sin embargo, ya nada era relevante. Lo único que importaba era que él iba a ayudarlos y con eso le bastaba.

–Porque –repuso él mientras se ponía de pie y se iba a poner la americana, que estaba colocada sobre uno de los sofás de la sala de estar–, creo que dos viejos amigos no deberían estar hablando de algo tan impersonal como un rescate dentro de los confines de un despacho.

¿Dos viejos amigos?

Sophie examinó el rostro de Javier para encontrar sarcasmo o ironía, pero este reflejaba tan solo una educada cortesía. Sin embargo, esa misma cortesía le provocaba una gran intranquilidad. Javier nunca había sido cortés, al menos no en el modo en el que los ingleses lo eran, tal y como a ella la habían educado. Javier siempre

había dicho lo que pensaba sin importarle las consecuencias. Sophie había sido testigo de ello en la universidad, cuando en la compañía de dos de los profesores
de Javier habían estado hablando de economía.

Él los había escuchado, pero luego había hecho pedazos todos y cada uno de los argumentos que los profesores le habían dado. Nunca había tenido miedo de decir lo
que pensaba.

–¿Es así como vistes ahora? –le preguntó él de repente. Sophie parpadeó para volver al presente.

–¿A qué te refieres?

–Pareces una oficinista.

–Eso es exactamente lo que soy –replicó ella mientras lo seguía hasta la puerta.

No podía hacer otra cosa. Javier tenía todos los triun-
fos en la mano. Si quería que fueran a hablar a un bar,
así sería. Había demasiado en juego como para empezar
a empecinarse y a negarse a lo que él le propusiera. Había llegado hasta allí y ya no había vuelta atrás.

–Pero eso no es exactamente donde querías terminar,
¿verdad? –le preguntó Javier cuando estuvieron dentro
del ascensor.

Las puertas se cerraron. Sophie se encogió de hombros mientras le miraba de mala gana a los ojos.

–Uno no siempre termina donde quisiera...

–Querías dar clases en la universidad.

–La vida me lo impidió.

–Estoy seguro de que a tu difunto esposo no le gustaría que se le considerara como alguien que se interpuso
en tus planes...

–No quiero hablar de Roger.

Javier pensó que la razón era que el hecho de que su
esposo ya no estuviera a su lado le resultaba demasiado
doloroso. Roger podría haber sido un inútil en lo que se
refería a los negocios y un jugador empedernido que

se había gastado grandes sumas de dinero que debería haber empleado en salvar la empresa, pero Sophie había estado muy enamorada de él y no quería escuchar nada que se dijera en su contra.

Javier apretó los labios.

Notó el modo en el que ella salía rápidamente del ascensor, como si estuviera desesperada por poner una distancia física entre ambos.

–¿Cuándo descubriste que la empresa estaba a punto de irse a pique?

Sophie sintió una profunda angustia. Quería preguntarle si era realmente necesario hablar de eso. Tenía que separar el pasado del presente. Javier ya no era el hombre del que había estado profundamente enamorada, el hombre al que había tenido que renunciar cuando la vida que había conocido hasta entonces comenzó a cambiar. Todo aquello formaba parte del pasado y ella estaba frente a alguien que podía ayudarla económicamente. Era natural que él quisiera tener datos, aunque ella no quisiera proporcionárselos.

Sin embargo, había tanto que no quería decirle... No quería ni su ira ni su pena y sabía que tendría las dos cosas si le contaba la terrible verdad. Eso si Javier la creía, algo que dudaba.

–Sabía que las cosas no iban demasiado bien desde hacía un tiempo –dijo con evasivas–, pero en realidad no tuve ni idea de hasta qué punto hasta que... hasta que me casé.

–¿Y entonces qué?

–¿Qué quieres decir? –replicó ella.

No había prestado atención alguna a dónde se dirigían, pero cuando Javier le abrió una puerta, se percató de que estaban en un antiguo pub, la clase de lugar que abundaba en el corazón de la City.

Se deslizó por debajo del brazo de Javier mientras él

sujetaba la puerta. Ella era alta con su más de un metro setenta, pero él lo era varios centímetros aún más. Siempre la había hecho sentirse muy protegida. El aroma limpio y masculino que emanaba de él le inundó los sentidos y la hizo echarse a temblar hasta que se sentó en una mesa mientras que Javier se dirigía a la barra para pedir las bebidas. Debería tomar algo sin alcohol para mantener la cabeza en su sitio, pero estaba muy nerviosa. Necesitaba algo más fuerte.

Javier, por su parte, sabía que tratar de averiguar detalles del pasado de Sophie no era relevante y se sentía furioso consigo mismo por haber sucumbido al deseo de saber más. En cuestión de minutos, ella había conseguido afectarle de nuevo y Javier se moría de ganas por tenerla, por acostarse con ella para poder librarse de la incómoda sospecha de que ella había estado a su lado desde el principio, como un espectro, esperando que llegara el momento de volver a salir a la superficie para abalanzarse sobre él.

Se dio cuenta de que, cuando trataba de pensar en la última mujer con la que se había acostado en Nueva York, no podía recordar nada sobre ella. No podía pensar en nadie que no fuera la mujer que estaba sentada frente a él y que lo miraba como si esperara que él la devorara en cualquier momento.

Tenía los más hermosos ojos de color violeta que había visto nunca, enmarcados por largas y oscuras pestañas. Javier anhelaba poder soltarle el cabello y ver si seguía siendo tan largo y tan indomable.

–¿Y bien? –preguntó con impaciencia mientras se sentaba frente a ella con las piernas extendidas. Había pedido vino, y uno de los camareros le llevó la cubitera y las dos copas.

–¿Y bien qué?

–¿Cuál fue el orden de los acontecimientos? ¿Matrimonio precipitado, luna de miel de cuento de hadas y luego, de repente, sin dinero? La vida puede ser muy cruel. ¿Y dónde estaba tu hermano mientras ocurría todo esto?

—En los Estados Unidos.

—¿Y sabía lo que estaba ocurriendo?

—No, no lo sabía —se apresuró a responder Sophie—. Y no sé por qué... todo esto puede ser relevante.

—Estoy elaborando una imagen de lo ocurrido —respondió Javier—. Habéis venido a pedirme dinero. ¿Qué creías que iba yo a hacer? ¿Daros un abrazo para que no os preocuparais y extender un jugoso cheque?

—No, pero...

—A ver si dejamos las cosas claras, Sophie —dijo él mientras se inclinaba hacia delante y la miraba fijamente a los ojos—. Tú estás aquí para pedirme un favor y, siendo ese el caso, tanto si te gusta como si no, tú no eliges qué preguntas responder ni cuáles ignorar. Tu vida privada es asunto tuyo. Francamente, no me importa. Sin embargo, necesito saber qué capacidad tienes para los negocios. Necesito saber si tu hermano está comprometido con la empresa porque, si estuvo cuatro años haciendo deporte en California, supongo que no regresaría muy contento aquí. Y la mayoría de los directivos de la empresa ni siquiera valen el dinero que se les paga.

—¡Sabes lo que se les paga!

—Sé todo lo que hay que saber sobre tu maltrecha empresa familiar.

—¿Cuándo te has vuelto tan... duro?

«Más o menos cuando descubrí la clase de mujer con la que había estado saliendo», pensó Javier con cinismo.

—No se gana dinero creyéndote todo lo que la gente te cuenta —le informó fríamente—. Tú has venido a mí con una historia, una triste historia. Si no te gusta el cariz que ha tomado esta conversación, tal y como te he dicho antes, eres libre de marcharte. Por supuesto, los dos sabemos que no lo harás porque me necesitas.

Javier estaba disfrutando con aquel juego de ir andándose por las ramas antes de poner las cartas sobre la mesa. Antes de decirle a Sophie exactamente cuáles eran sus condiciones.

—Si sabías lo que estaba haciendo tu marido y la adicción que tenía al juego y le permitiste seguir, ¿eres una persona en la que se puede confiar para estar al mando de tu empresa?

—Ya te dije que no podía hacer nada...

—Y tu hermano no tenía ni idea de lo que estaba pasando en casa, por lo que, ¿es competente para hacer lo necesario si yo decidiera ayudaros?

—Ollie... no colabora mucho en la actualidad.

—¿Por qué?

—Porque nunca ha estado interesado en la empresa y sí, tienes razón, no le hizo mucha gracia tener que volver para echar una mano. Le cuesta enfrentarse al hecho de no tener dinero.

—¿Y a ti no?

—Lo he superado.

Javier la miró y sintió admiración ante la fortaleza que vio en ella en ese momento. No solo había tenido que aceptar la caída desde lo más alto, sino también la pérdida de su esposo y de un padre al que adoraba. Sin embargo, no mostraba autocompasión en su actitud.

—Has tenido que ocuparte de muchas cosas, ¿verdad? —murmuró él suavemente. Sophie apartó la mirada.

—No soy diferente de las personas que en todo el mundo han visto cómo sus vidas cambiaban de un modo u otro. Ahora que ya sabes en qué situación se encuentra la empresa, ¿nos prestarás el dinero? No sé si mi hermano te lo contó, pero la casa familiar lleva en venta más de dos años y no podemos venderla. La gente no quiere comprar casas tan grandes. Si pudiéramos venderla, podríamos cubrir parte de los gastos.

–Aunque la rehipotecasteis...

–Sí, pero el dinero no nos vale más que para arreglar algunas cosas que necesitan atención urgente.

–Un sistema informático demasiado antiguo, por ejemplo.

–Has hecho bien tus deberes. ¿Cómo lo has conseguido en tan breve espacio de tiempo? ¿O acaso llevabas siguiendo la situación de la empresa de mi padre desde hace años?

–¿Y por qué habría hecho yo algo así?

Sophie se encogió de hombros. Parecía incómoda.

–Sé que probablemente te sientes.... Bueno, tú no comprendes lo que ocurrió hace todos esos años...

–No des por sentado que sabes lo que ocurre en mi cabeza, Sophie, porque no es así. Y, como respuesta a tu pregunta, ni he sabido lo que ocurría en la empresa de tu padre durante todos estos años ni me ha importado un comino saberlo.

Cuando supo que iba a ver a Sophie, había pensado cómo reaccionaría, pero no se parecía en nada a la manera en la que lo estaba haciendo. Había pensado que la vería y no sentiría nada más que el ácido sabor de la amargura por haber sido su juguete en el pasado.

Había aceptado que ella había ocupado su pensamiento más de lo que nunca hubiera creído posible. Con la inesperada aparición de su hermano, se había abierto una caja de Pandora. Javier había reconocido la oportunidad que se le había dado para terminar con el pasado. La tendría a su disposición, con los medios necesarios para hacer lo que quisiera.

Sophie necesitaba dinero y él lo tenía en gran cantidad. Ella aceptaría lo que se le ofreciera porque no tenía elección. Las condiciones que él impusiera serían aceptadas con aquiescencia, porque, tal y como había escuchado a lo largo de toda su vida, el dinero es poderoso caballero.

Se había acostado con algunas de las mujeres más deseables del mundo. ¿Cómo iba Sophie a competir con esas mujeres?

Se había equivocado.

Además, lo que resultaba increíblemente frustrante era que estaba empezando a darse cuenta de que deseaba mucho más de ella que poseerla durante una noche o dos. De hecho, necesitaba mucho más que una noche o dos. Quería y necesitaba respuestas. La curiosidad que sentía lo enfurecía porque había creído que, en lo que se refería a Sophie, había superado aquel sentimiento con creces.

Estaba descubriendo que tampoco quería tomar lo que sabía que a ella no le quedaría más elección que darle. No quería que lo hiciera de mala gana. Deseaba que fuera a él y al final, si lo que buscaba Javier era la venganza, ¿no sería esa la venganza más absoluta? ¿Hacer que ella lo deseara, poseerla y luego marcharse sin mirar atrás?

La parte lógica de su cerebro sabía que desear la venganza era sucumbir a una cierta clase de debilidad. Sin embargo, la atracción era tan fuerte que no podía enfrentarse a ello...

Además, estaba disfrutando...

Había alcanzado un lugar en la vida en el que podría tener todo lo que deseaba y, en ocasiones, tenerlo todo al alcance de la mano terminaba con la gloria de la persecución. No le ocurría solo con las mujeres, sino con los tratos, las fusiones, el dinero... Todo.

No tenía a Sophie al alcance de la mano.

De hecho, ella ardía de resentimiento al haber sido colocada en una posición tan desgraciada y haber tenido que acudir a él para pedirle ayuda.

Él formaba parte de su pasado, de un pasado que prefería olvidar. Seguramente, hasta lamentaba haber tenido que ver algo con él.

Sin embargo, lo había deseado... De eso Javier estaba seguro. Tal vez hubiera jugado con él o hubiera servido tan solo para presumir delante de sus amigas, pero la atracción física había surgido entre ellos. Y estaba convencido de que aún se sentía atraída por él.

Sophie se había echado a temblar cuando la acarició o cuando la besó. Javier no se había imaginado aquellas reacciones de siete años atrás. Tal vez hubiera conseguido controlar esa atracción para regresar a su zona de confort, pero, durante un breve instante, había sido suya.

¿Acaso se imaginaba Sophie que era inmune a esa atracción física solo porque el tiempo había pasado?

Imaginó que ella se abría a él como una flor y que, en aquella ocasión, le daba lo que tanto había deseado todos aquellos años atrás. Lo que seguía deseando en aquellos momentos.

Se preguntó lo que Sophie sentiría cuando se viera despreciada. Se preguntó si a él le importaría de verdad o si el mero hecho de poseerla sería suficiente. No se había sentido tan vivo desde hacía mucho tiempo y la sensación le resultaba excitante.

—Me sorprendió que tu hermano se presentara en mi despacho en busca de ayuda.

—Espero que sepas que yo jamás le pedí que viniera a verte.

—Ya me lo imagino, Sophie. Debió de escocerte mucho suplicar favores a un hombre que no era lo suficientemente bueno para ti hace siete años.

—No fue así...

Javier levantó una mano.

—Sin embargo, da la casualidad, de que verte despojada de todo no le sentaría bien a mi conciencia.

–¿No te parece que estás exagerando?

–Te sorprendería saber lo delgada que es la línea que separa a los pobres de los ricos y lo rápido que se puede cambiar de posición. Estás en lo alto del mundo y, de repente, estás hundido en la basura, preguntándote qué es lo que ha pasado. Podría decírtelo de otro modo. Primero vuelas hacia arriba, arrollando a todos los que se te ponen por delante y, un instante después, comienzas a caer en espiral y todos a los que arrollaste vuelven a estar subiendo, riéndose en tu cara. Y no olvides que el que ríe el último, ríe mejor.

–Me apuesto algo a que tus padres se apenan al ver la persona en la que te has convertido, Javier.

Javier se sonrojó, escandalizado por aquel comentario, e incluso más aún por la expresión de desilusión que había sobre su encantador rostro.

Por supuesto, en aquellos momentos que había creído que Sophie le pertenecía, le había dejado entrar en su mundo y le había confiado sus secretos como nunca lo había hecho hasta entonces con una mujer y como nunca lo había vuelto a hacer. Le había hablado de su pasado, de la determinación de sus padres para asegurarse de que abandonaba ese mundo. Javier le había contado la vida tal y como la había conocido, haciendo notar las grandes diferencias que había entre ellos y viéndolas como algo bueno en vez de como una barrera insuperable tal y como Sophie las había considerado.

–Sé que eres más rico de lo que nunca habías soñado y eso que siempre soñaste a lo grande...

La conversación parecía haber saltado las barreras y había tomado una dirección que no gustaba en absoluto a Javier. Él frunció el ceño.

–Y ahora, aquí estamos.

–En una ocasión, me dijiste que lo único que tus padres querían era que fueras feliz, que hicieras algo útil con tu vida, que sentaras la cabeza y que tuvieras una gran familia.

Javier decidió que necesitaba otra copa. Se levantó de repente y consiguió que ella se sobresaltara, parpadeara y lo mirara como si, en un instante, hubiera recordado que no estaba allí para recordar el pasado. De hecho, recordar el pasado era lo único que ella había querido.

Pidió otra botella de vino en el bar y también algo de picar porque los dos estaban bebiendo con el estómago vacío, pero lo hizo de un modo inconsciente, casi sin darse cuenta. Ella le estaba llenando la cabeza. Sentía que ella lo estaba mirando mientras estaba apoyado en la barra del bar de espaldas a ella.

Fuera los que fueran los recuerdos que tenía de ella, fueran los que fueran los recuerdos que creía haber olvidado y enterrado, estaba descubriendo que la tumba en la que se encontraban era muy poco profunda.

—Debería marcharme —dijo Sophie mientras Javier le servía otra copa de vino y la animaba a beber.

—He pedido algo para picar.

—Mi billete...

—Olvídate de tu billete.

—No puedo hacerlo.

—¿Por qué no?

—Porque no tengo dinero a montones. De hecho, estoy arruinada. Ahí lo tienes. ¿Satisfecho de que lo haya dicho? No me puedo permitir perder el billete de vuelta para regresar a casa. Probablemente se te haya olvidado lo caros que son los billetes de tren, pero, si quieres que te lo recuerde, te puedo mostrar el mío. Cuestan mucho. Si quieres regocijarte con esto, adelante. No te lo puedo impedir.

—Tendrás que igualar a tus empleados.

—¿Cómo dices?

—La empresa tiene demasiados jefes y pocos empleados.

Sophie asintió. Eso era lo que ella había pensado ya, pero el hecho de sentarse con viejos amigos de sus padres para pedirles que se marcharan le resultaba demasiado duro. Oliver no podría hacerlo ni en un millón de años y, a ella, aunque era más dura que su hermano, la perspectiva de despedir a personas que llevaban toda la vida en la empresa, por muy ineficaces que fueran, le provocaba un nudo en la garganta.

Había pocas personas que les hubieran sido fieles cuando empezaron los tiempos difíciles.

–Y tienes que modernizar el negocio. Hay que correr riesgos, expandirte, tratar de capturar otros mercados más pequeños y que den más beneficios en vez de seguir con los mismos dinosaurios de siempre haciendo entregas de un lado al otro del Canal. Eso está bien, pero tienes que hacer mucho más si quieres rescatar a tu empresa de la situación tan delicada en la que se encuentra.

–Yo...

Sophie se echó a temblar al pensar en Oliver y ella con un puñado de ejecutivos no demasiado eficientes realizando una tarea de tales proporciones.

–Tu hermano y tú sois incapaces de llevar a cabo este desafío –le espetó Javier sin andarse por las ramas. Ella le dedicó una mirada de desaprobación a pesar de que él había dicho en voz alta lo que ella había estado pensando.

–Estoy segura de que, si accedes a darnos un préstamo, podremos reclutar gente preparada que pueda...

–Eso no va a ocurrir. Si meto dinero en este negocio, quiero estar seguro de que no estoy tirándolo a la basura.

–Eso es un poco injusto...

No hacía más que tocarse el recogido del cabello que, en vez de evitarle el calor, le hacía sentirse sudorosa e incómoda, al igual que las ropas formales, tan alejadas de su forma habitual de vestir con vaqueros, camisetas y deportivas. Por ello, se sentía completamente fuera de lugar y demasiado consciente del hombre que la miraba tan fijamente, como si estuviera evaluando qué clase de oponente era.

Aquel no era el hombre al que ella había conocido y amado. No la había echado de su despacho, pero, en lo que se refería a los sentimientos, no había nada. No existía la atracción que los había mantenido cautivos a ambos hacía tantos años. Javier no estaba casado, pero ella se preguntó si habría alguna mujer en su vida, rica y guapa como él.

No pudo evitar pensar cuántas mujeres caerían a sus pies porque era un hombre que lo tenía todo.

¿Qué habría ocurrido si ella hubiera desafiado a sus padres y hubiera seguido viendo a Javier? ¿Habría visto dónde los conducía su amor?

No habría funcionado.

A pesar del hecho que Sophie había crecido con dinero y había disfrutado de una vida sin preocupaciones, el dinero en sí mismo no era lo que la motivaba. En el caso de Javier, sí lo era.

Lo miró de soslayo y observó el corte de su ropa, los zapatos a medida, el carísimo reloj... Javier rezumaba riqueza. Aquello era lo que le hacía feliz y lo que le daba sentido a su vida.

Tal vez ella estaba estresada por todas las preocupaciones financieras que tenía en su vida, pero si esas preocupaciones desaparecieran y pudiera empezar de nuevo, sabía que el dinero dejaría de nuevo de ser importante para ella.

—Podemos seguir andándonos por las ramas, discutiendo lo que es o no es justo —dijo él con voz dura—, pero eso no nos va a llevar a ninguna parte. Estoy dispuesto a inyectar dinero, pero yo me quedo con una parte del pastel y os dejáis guiar por mis reglas.

–¿Tus reglas? –le preguntó ella con expresión de asombro.

–¿De verdad creíste que extendería un cheque y que luego cruzaría los dedos para que los dos supierais qué hacer con el dinero? Para que quede claro, quiero un porcentaje de vuestro negocio. No sirve de nada esperar a que llegue el momento de que me podáis pagar. Ya tengo más dinero del que necesito, pero me podría ser de utilidad vuestra empresa y ampliarla de manera que pueda tener conexiones con otras empresas mías.

Sophie se rebulló en el asiento. No le gustaba aquello. Si Javier quería una parte de su empresa, ¿no implicaría que él estaría presente más de lo deseable?

–¿Tiene tu empresa presencia en Londres? –le preguntó.

–Mínima –admitió ella–. Cerramos tres de nuestras cuatro ramas a lo largo de los años para ahorrar costes.

–¿Y dejasteis una abierta y funcionando?

–No nos podíamos permitir cerrarlas todas...

–Espléndido. En cuanto se formalicen los detalles y esté todo firmado, me aseguraré de que se modernice y esté lista para su ocupación.

–Ya está ocupada –dijo Sophie–. Mandy trabaja en la recepción y dos veces por semana uno de los contables baja a ver cómo van las cosas. Por suerte, hoy en día casi todo se puede hacer por correo electrónico.

–Haz las maletas, Sophie. Voy a instalarme en tus oficinas de Londres en cuanto estén listas y tú vas a estar sentada a mi lado.

No eran las condiciones originales que había tenido la intención de aplicar, pero, en cierto modo, eran mucho mejores...

Capítulo 4

NO SÉ qué es lo que te preocupa tanto. Sus condiciones me parecen bastante justas. De hecho, mejor que justas. Va a tener un porcentaje de la empresa, pero, al menos, será una empresa que esté ganando dinero.

Esa fue la reacción de Oliver cuando Sophie le presentó, hacía ya dos semanas, la oferta que Javier le había puesto sobre la mesa. Su hermano se había mostrado incrédulo de que ella pudiera dudar de lo que se les ofrecía. Inmediatamente, convocó una reunión extraordinaria con el resto de los directivos y les presentó el plan de Javier. Sophie tuvo que hacerse a la idea de que su pasado la había alcanzado y estaba a punto de unirse con su presente.

Desde entonces, con los papeles firmados y todo debidamente organizado a la velocidad de la luz, el pequeño local que tenían abierto en Notting Hill se había visto envuelto en una actividad frenética.

Sophie se había negado a ir. Había delegado aquella tarea en su hermano, que había estado encantado de marcharse de Yorkshire durante un par de semanas. Él le había informado con gusto de las renovaciones que se estaban haciendo y, en su interior, Sophie se sentía como si de repente hubiera perdido las riendas de su vida.

Sabía que estaba siendo ridícula...

Javier había accedido a verlos por su vínculo del pasado, pero no había habido nada más. Él no había intentado de ningún modo hablar sobre lo ocurrido entre ellos. Se había mostrado tan frío como era de esperar dadas las circunstancias de su ruptura y a ella no le quedaba duda alguna de que la única razón por la que había accedido a ayudarles era porque veía que podía sacar un beneficio en lo que se le ofrecía.

El dinero era lo único que le importaba y sospechaba que les iba a sacar a ellos una gran cantidad. Después de todo, la posición en la que se encontraban no les permitía elegir. Javier había hecho sus deberes y había acumulado toda la información posible sobre la empresa, por lo que no les ofrecería un rescate si no supiera que iba a sacar mucho dinero.

Se sacudió la falda y se estiró la blusa mientras se miraba en el espejo del recibidor, pero en realidad no veía su reflejo. Estaba pensado, tratando de persuadirse de que la actitud de Javier en aquella situación hacía que todo fuera mucho más fácil. Para él, el pasado era historia. Lo único que los unía en aquellos momentos era un acuerdo de negocios que le había llovido del cielo.

Seguramente también se sentía satisfecho por ser él quien movía los hilos. En cualquier caso, Sophie no parecía importarle lo más mínimo.

Desgraciadamente, el efecto que Javier ejercía sobre Sophie no era el mismo, aunque las respuestas que ejercía ante él fueran una ilusión producto de la nostalgia, porque, en realidad, su corazón estaba bien protegido y no volvería a exponerse a tal clase de sufrimiento.

Parpadeó y se centró en su imagen. Todo bien. Dentro de unos pocos minutos, el taxi llegaría para llevarla a la estación. Hacía un mes, Sophie habría tomado el autobús, pero Javier les había dado una generosa cantidad de dinero para cubrir gastos y asegurarse de que todos los empleados recibían dinero por las horas extras que habían hecho a lo largo de muchos meses y que nunca habían visto recompensadas.

Tomaría el taxi para ir a la estación y el tren para ir a Londres para ver cómo había quedado todo y comprobar cómo se había reformado el local en el que estaría trabajando el tiempo que fuera necesario para ponerlo todo en marcha.

−¿Cuánto tiempo crees que va a llevar? −le había preguntado a Javier un día, con el corazón latiéndole alocadamente ante la perspectiva de estar en un despacho en el que él podía presentarse sin previo aviso.

−¿Quién sabe? −había respondido él encogiéndose de hombros−. Hay mucho trabajo que hacer antes de que la empresa empiece a tirar hacia delante. Se ha desperdiciado mucho dinero y recursos, con gastos que bordeaban en lo criminal realizados por un personal incompetente.

−¿Y vas a estar tú... supervisando?

Javier había entornado la mirada al escuchar aquella pregunta.

−¿Acaso te asusta esa perspectiva, Sophie?

−En lo más mínimo −había replicado ella rápidamente−. Simplemente me sorprendería si tú consiguieras sacar tiempo de todo lo que tienes entre manos para ocuparte de una pequeña empresa en apuros. ¿Acaso no tienes gente que se hace cargo cuando absorbes empresas con problemas?

−Creo que en este caso les voy a dar un descanso... −había murmurado él.

−¿Por qué?

−Este asunto es un poco más personal, Sophie −le había respondido él desde el otro lado de la mesa de la sala de reuniones donde los dos se habían quedado después de que el equipo de abogados se hubiera marchado−. Tal vez quiera ver que el trabajo se hace de la mejor

manera posible dada... dada nuestra relación en el pasado.

Sophie no había sabido si darle las gracias o seguir
preguntando, por lo que había permanecido en silencio.
Sin que pudiera evitarlo, había bajado los ojos hasta la sensual boca de Javier antes de apartar por completo la mirada porque el calor la consumía.

Con un suspiro, agarró el bolso al oír que el taxi se
detenía frente a la puerta y salió, esperando que al menos Javier no estuviera esperando en las oficinas cuando
llegara por fin. Por otro lado, deseaba que así fuera y se
odiaba por ello.

No tenía ni idea de lo que podía encontrar. La última
vez que visitó aquel lugar fue hacía ya dos años, cuando
Oliver y ella estaban tratando de decidir cuál de las dos
cerrar. Recordaba que era un lugar espacioso, pero como
no se había remodelado en los últimos tiempos, comenzaba ya a mostrar señales de abandono. No había tenido
ni idea de los cambios que habían estado ocurriendo sin
que ella se diera cuenta hasta que fue demasiado tarde.

Ollie, al menos, había tenido la excusa de estar en el
extranjero, dado que se marchó a los Estados Unidos dos
años antes de que ella comenzara en Cambridge.

Sin embargo, ella aún había estado viviendo en casa.
¿Por qué no había hecho preguntas cuando la salud de su
madre comenzó a fallar? El médico había hablado de
estrés y Sophie no podía entender que no hubiera investigado un poco más para saber a qué se debía el estrés,
dado que, en apariencia, su madre no podía haber llevado una vida más relajada.

Tampoco había cuestionado la frecuencia con la que
el nombre de Roger había aparecido en la conversación
o el número de veces que se le había invitado a la casa
para fiestas varias. A ella le había divertido su entu-
siasmo y, sin saber cómo, había empezado a salir con él.

Nunca había sospechado lo mucho que sus propios padres lo habían animado a hacerlo.

Dicho todo esto, había permitido que la envolvieran en algodón. Por eso, cuando aquel algodón se le había arrancado cruelmente, el shock había sido mucho mayor.

Se encontró con todo de repente. Se vio bombardeada por todas partes y, además, tuvo que enfrentarse al trauma de descubrir lo enfermo que estaba su padre y las molestias que se había tomado para evitar que ellos se enteraran de lo que estaba ocurriendo.

Sophie sentía que debería haber estado al lado de su progenitor, ayudándole, mucho antes de que explotara la bomba. Si lo hubiera estado, tal vez todo habría sido diferente y no estaría en la situación en la que se encontraba en aquellos momentos, a merced de un hombre que aún la afectaba físicamente a pesar de que ella quisiera creer lo contrario.

Cuando llegó a Londres, tomó otro taxi para llegar a las oficinas de Notting Hill.

Oliver le había dicho que las cosas iban muy bien, pero no le había especificado hasta qué punto habían progresado en tan solo unos días. No era tan solo la pintura de la fachada, sino la maceta y las letras doradas que anunciaban el nombre de la empresa.

Al ver el elegante exterior, Sophie se quedó boquiabierta. Entonces, la puerta se abrió y ella se encontró frente a frente con Javier, que a su vez se puso a mirarla a ella mientras se apoyaba con gesto indolente contra la puerta. Con los brazos doblados sobre el pecho, tenía toda la apariencia de ser el dueño y Sophie la visitante.

—Vaya —dijo ella mientras se acercaba a la entrada. Esperó un instante a ver si él se retiraba, lo que hizo después de unos segundos. Tras estirar elegantemente su cuerpo, se apartó para que ella pudiera pasar rozándole antes de darse la vuelta inmediatamente y establecer una distancia física segura entre ambos–. El exterior ha cambiado por completo...

–No sirve de nada tener unas oficinas que repelan a los posibles clientes –dijo Javier secamente.

Una vez más, Sophie iba vestida con atuendo de trabajo mientras que, en aquella ocasión, él iba vestido muy informalmente. Aquella clase de ropa absorbía la belleza natural de ella.

–¿Por qué has venido vestida con un traje? –le preguntó él–. ¿Y dónde está tu equipaje? ¿Acaso no has comprendido que vas a vivir en Londres durante un tiempo?

–Lo he estado pensando...

Javier, que había echado a andar, se detuvo en seco y se volvió para mirarla.

–Olvídalo.

–¿Cómo has dicho?

–¿Te acuerdas de las condiciones? Una de ellas es que vivas aquí para que puedas supervisar el funcionamiento de la sucursal de Londres.

–Sí, pero...

–No hay peros, Sophie –replicó él con voz fría. Se enganchó los pulgares en los vaqueros negros y la miró fijamente–. Tú no entras y sales de esto cuando decidas. Estás metida en esto como tu hermano y como yo mismo. No creas que vas a recoger las recompensas sin trabajar por ello. Yo tengo la intención de supervisarlo todo inicialmente, pero tengo que estar seguro de que tu hermano y tú no devolveréis la empresa a donde está ahora en el instante en el que yo me dé la vuelta. No te olvides que esto no es un gesto caritativo de buena voluntad por mi parte. No voy a desprenderme de mi dinero si no estoy seguro de que mi inversión tendrá beneficios.

Sophie se dio cuenta de que había estado en lo cierto. Para él todo se reducía al dinero. Efectivamente había una relación personal, pero la animosidad de su ruptura no era lo fundamental en la decisión que había tomado de ayudarles. Lo que importaba era que tenía entre manos un negocio con muchos beneficios a un precio muy barato porque Oliver y ella estaban desesperados.

Estaba segura de que la compañía no tardaría en dar beneficios. Cuando eso ocurriera, Oliver, que poseía un tercio de la empresa, perdería rápidamente el interés y vendería sus acciones. Recogería su dinero y se marcharía de nuevo a California, donde podría continuar su carrera deportiva como entrenador. Solo quedaría ella.

—Pensé que podría ir y venir...

Javier soltó una carcajada.

—Si fuera tú, ni siquiera se me pasaría esa idea por la cabeza. En las primeras semanas, seguramente habrá que hacer muchas horas extra. Sería imposible hacerlo si tienes que andar subiéndote y bajándote de un tren.

—No tengo ningún sitio en el que alojarme aquí...

Hacía tiempo tenían un apartamento en Kensington, pero habían tenido que venderlo hacía mucho tiempo.

—Tu hermano se aloja en un hotel cuando está aquí, pero, dado que tú vas a estar aquí mucho más tiempo, ya te he organizado uno de los apartamentos que tengo en Notting Hill —dijo él mientras la miraba fijamente—. Podrás venir andando, así que no tendrás excusa alguna para no entregarte al máximo a tu trabajo.

—¡No!

—¿Y la razón es...?

—Yo... ¡No puedo venirme a vivir a Londres, Javier!

—No es algo sobre lo que se pueda discutir.

—No lo comprendes...

—En ese caso, explícamelo...

Ni siquiera habían entrado en las renovadas oficinas y ya estaban discutiendo.

—Tengo que vigilar la casa —dijo ella con evidente mala gana.

–¿Qué casa?

–La casa familiar.

–¿Por qué? ¿Acaso corre riesgo inminente de derrumbarse si no estás tú a mano con la tirita y la cinta de carrocero?

Los ojos de Sophie se llenaron de lágrimas, pero trató de contenerlas con la ira que las acompañaba y que se apoderó de ella en un instante.

–¿Desde cuándo eres tan arrogante? –le espetó.

Los dos se miraron durante un instante, sumidos en un silencio eléctrico, antes de que Sophie rompiera el contacto visual para marcharse rápidamente hacia la hermosa recepción, en la que ella no se había fijado en absoluto.

Javier tardó un par de segundos en seguirla. No estaba acostumbrado a que lo tacharan de arrogante. De hecho, que alguien le hablara en ese tono de voz era poco usual. La agarró del brazo y la obligó a darse la vuelta para mirarlo, pero la soltó inmediatamente. Sentir la suavidad de su pie era como poner la mano contra una llama. Le enfurecía que ella aún pudiera provocar aquel efecto en él. Le enfurecía que, por primera vez muchos años, su cuerpo se negara a obedecer a su mente.

–¿Estás segura de que es la casa de lo que tienes que estar cerca? –gruñó.

–¿De qué estás hablando?

–Tal vez hay un hombre esperando...

Javier se sintió muy mal al darse cuenta de que estaba tratando conseguir información. ¿Qué le importaba a él que hubiera un hombre esperándola? No estaba casada y eso era lo que importaba. Jamás se habría acercado a ninguna mujer que llevara una alianza en el dedo, pero si tenía novio, otro de esos idiotas de la alta sociedad que pensaban que un acento perfecto era lo único necesario para progresar en la vida, sinceramente...

Todo valía en el amor y la guerra.

Sophie se sonrojó. Los recuerdos desagradables trataron de resurgir, pero ella los contuvo en los rincones más apartados de su pensamiento.

–Porque, si tienes novio, él tendrá que esperar... el tiempo que haga falta. Y para que conste, mi apartamento solo es para que vivas en él...

–¿Quieres decir que, si hubiera un hombre en mi vida y yo estuviera viviendo en uno de tus muchos apartamentos, no podría estar allí con él?

Javier miró la atónita expresión de su rostro. Él no era la clase de hombre que acababa de presentar. ¿Por qué se estaba comportando de aquella manera?

–Lo que quiero decir es que probablemente vayas a trabajar muchas horas. La distracción de un hombre que quiere que regreses a casa para prepararle la cena no va a funcionar –dijo. Era lo máximo que pudo ofrecer.

Sophie se echó a reír. Si él supiera...

–No hay ningún hombre que me distraiga –respondió en voz baja–. Y sí, de hecho, la casa se está cayendo y Oliver no estará allí porque ha tenido que marcharse a Francia para ver cómo va la empresa allí...

–¿Tu casa se está cayendo?

–Literalmente, no –admitió Sophie–, pero tiene muchas cosas en mal estado y no hago más que pensar que si estalla una tubería y no estoy allí para solucionarlo...

–¿Desde cuándo lleva tu casa en ese estado?

–No importa...

Sophie suspiró y miró a su alrededor, consciente aún de que él seguía observándola e incluso más consciente de que los dos estaban demasiado cerca el uno del otro.

–Has organizado muy bien el espacio –comentó. Solo quería alejarse de la amenaza de las preguntas personales. Se alejó unos pasos de él y se tomó el tiempo de examinar todo lo que se había hecho. Todo parecía distinto a como lo recordaba.

Todo parecía mucho más grande. Se dio cuenta de que la razón era que el espacio se había maximizado, aprovechándolo al máximo. Se había sustituido la moqueta por suelos de madera y todos los escritorios y muebles en general eran nuevos. Escuchó atentamente cómo él le explicaba cómo iba a funcionar todo a partir de entonces y quién debería trabajar allí. Tendrían que poner al día el listado de clientes y crear un equipo de ventas mucho más agresivo. Javier había identificado huecos en el mercado que ellos podrían explotar.

Todo era perfecto. Además, había dos despachos privados, uno de los cuales era el de Sophie. Terminaron el recorrido en la cocina, que se había modernizado también, sentados a la mesa con dos tazas de café.

—A pesar de todo, no me gusta la idea de dejar mi casa ni la de ocupar uno de tus apartamentos...

Javier tendría otra llave... podría acudir sin avisar cuando quisiera... Ella podría estar en la ducha cuando entrara...

Los pezones se le pusieron erectos, levantando el encaje del sujetador y enviándole placenteras sensaciones por todo el cuerpo. Se lamió los labios y se recordó que lo único que seguramente Javier sentía hacia ella era odio por todo lo ocurrido entre ambos en el pasado. Aunque, en realidad, seguramente ni siquiera experimentaba un sentimiento tan poderoso. Lo más probable era que tan solo sintiera indiferencia.

Seguramente, si entrara en su apartamento, el último lugar en el que la buscaría sería la ducha. Desgraciadamente, aquella reacción indicaba claramente que no era tan inmune a él como tan desesperadamente estaba tratando de demostrar.

—Haré que regrese tu hermano.

—¡No!

—¿Por qué no?

Javier levantó las cejas con sorpresa, aunque conocía la razón muy bien. A Oliver no le gustaba estar en Yorkshire ni veía su futuro unido al del negocio familiar. Lamentaba todas las penurias que estaban pasando y, aunque reconocía la importancia de recuperar todo lo perdido, no significaba mucho para él. Tarde o temprano, terminaría vendiendo sus acciones, lo que podría ser interesante para Javier si decidía que quería más. No obstante, era poco probable, dado que, cuando terminara de conseguir lo que buscaba, estaría encantado de desaparecer y dejar el mando de todo aquello a un subordinado.

—Le gusta estar en París.

—Y así ha sido siempre, ¿verdad?

—¿Qué quieres decir?

—Recuerdo cómo hablabas de tu gemelo. El animal de las fiestas. Se marchó a California cuando tú estabas haciendo tu reválida. Se le alababa por ser deportista cuando la mayoría de chicos de su edad habrían estado estudiando para asegurarse de aprobar los exámenes. Cuando venía a verte, se pasaba todo el tiempo de juerga. Se divertía, disfrutaba del dinero de mamá y papá y nunca tuvo que enfrentarse a la amarga realidad porque, cuando todo empezó, él estaba en California con su beca deportiva... Me apuesto algo a que nadie le contó la realidad de las pérdidas de la empresa, ni siquiera cuando eran francamente evidentes. ¿Conspiró tu amado esposo del mismo modo para que el inmaduro de tu hermanito no se enterara de nada?

—Ya te he dicho que no quiero hablar sobre Roger —respondió ella, tensándose al escucharle.

Javier apretó los labios. Ver cómo evitaba hablar de su esposo le provocaba aún más curiosidad. Recordaba amargamente cuando ella le dejó, cuando le dijo que su destino era casarse con otra persona... Cuando investigó al hombre con el que ella se había casado en Internet... Sin embargo, había aprendido a ser fuerte desde una edad muy temprana. Había necesitado mucha fuerza de voluntad para evitar las zancadillas que la pobreza le ponía. La manera más fácil habría sido dejarse llevar por las drogas o la violencia, como les había pasado a muchos de sus amigos, pero él se había marchado a Inglaterra para darle la espalda a todo aquello y conseguir salir adelante. Para lograr algo así, se necesitaba mucha fuerza interior. Javier había puesto la mirada en sus objetivos y no se había permitido apartarse de ellos.

Sophie sí lo había hecho en el pasado y lo estaba haciendo de nuevo. Cuanto antes lograra olvidarse de ella, mejor.

—Si tu hermano se queda en París, yo podría encargar a alguien que se ocupara de vigilar tu casa diariamente para evitar que se caiga...

—Tal vez a ti te parezca gracioso, Javier, pero no lo es. Tal vez tú vivas en una mansión ahora y puedes conseguir todo lo que quieras chascando los dedos, pero no resulta divertido cuando hay que mirar cada paso que se da porque podría haber una mina esperando a explotarte bajo los pies. Me sorprende que no muestres compasión alguna, considerando que tú no...

—¿Que no tenía dinero? Un pobre inmigrante tratando de empezar a subir la escalera del éxito... Sí, creo que es justo decir que nuestras circunstancias eran muy diferentes.

—Sin embargo, probablemente no tienes ni idea de lo mucho que empeora eso las cosas para mí...

Giró la cabeza. Aquellas ropas tan formales que llevaba puestas le parecían una camisa de fuerza. El elegante recogido le resultó de repente muy incómodo. Sin pensar, se lo soltó y se mesó el cabello con los dedos mientras le caía sobre los hombros.

Javier la observó atentamente. La boca se le quedó completamente seca. Aquella melena cayendo en cascada por los hombros y la espalda, una vibrante oleada de color que le arrebataba el aliento... Tuvo que apartar la mirada, pero no pudo evitar que la respiración se le acelerara al imaginársela desnuda, sintiendo casi cómo sería deslizar las manos por las delicadas curvas de su cuerpo...

—Tienes razón. Oliver siempre ha estado muy protegido —admitió ella—. Solo se enteró de... todo cuando la enfermedad de papá dio la cara, pero ni siquiera entonces le dijimos que la empresa estaba en las últimas. De hecho, regresó a California y solo regresó después del... del accidente cuando... Bueno, regresó para el entierro de papá y para el de Roger. Entonces, hubo que decírselo. Sin embargo, no le importa demasiado la empresa ni tampoco la casa. Mi madre vive ahora en Cornualles y, por lo que se refiere a Ollie, él vendería la casa al mejor postor si hubiera alguien interesado. Le importa un comino que se caiga en pedazos mientras saquemos algo de dinero por ella. Por lo tanto, no, no le gustaría tener que dejar París para venir a cuidar de la casa... Esa casa no ha recibido mantenimiento alguno desde hace años. Tenía problemas en el tejado y en los cimientos que no se solucionaron en su momento y ahora no hay dinero para hacerlo. Yo me ocupo de las cosas más urgentes. Cuanto peor esté la casa, menos dinero nos darán por ella si conseguimos al final venderla. No me puedo permitir que una tubería rota, por ejemplo, la estropee aún más.

—¿Por qué le permitiste que se comportara así? —preguntó él atónito.

—No quiero hablar de ello. Es pasado y no hay razón para remover cosas que no se pueden cambiar. Solo cuenta lo que yo pueda hacer a partir de ahora.

–Podría ser que Oliver fuera indiferente o que no tuviera ni idea de negocios, pero evidentemente tú tienes la capacidad para ponerte a ello. ¿Por qué no lo hiciste? Tú sabías lo que estaba ocurriendo...

–La salud de mi madre no era buena. Llevaba mucho tiempo sin serlo. Entonces, papá se empezó a comportar de un modo extraño, errático... De repente, todo parecía estar ocurriendo a la vez. Descubrimos lo enfermo que estaba y, en ese momento..., todo lo de las apuestas y las malas inversiones de Roger comenzó a salir a la luz. No había nadie al mando. Todos los buenos se marcharon. Fue un caos.

Incluso a pesar de lo que Sophie le estaba contando, Javier se sorprendió al escuchar que no había palabras recriminatorias sobre su esposo. Pensó con amargura que no había perdido su lealtad hacia él.

–Contrataré a alguien que se ocupe de cuidar la casa –reiteró, pero ella negó con la cabeza. Javier ya se había infiltrado demasiado en su vida. No quería más.

–Yo vendré a Londres –concedió–. Gracias por dejarme utilizar tu apartamento. No tengo mucho dinero disponible, pero quiero que me digas el alquiler que debo pagarte...

Javier se reclinó sobre su silla y le dedicó una mirada a través de las largas pestañas que pareció más bien una caricia.

–Ni se te ocurra pagarme alquiler alguno –dijo–. Será... por los viejos tiempos. Confía en mí, Sophie. Te deseo... –se interrumpió un segundo– al timón cuando los cambios tengan lugar y yo suelo conseguir lo que deseo, sean cuales sean los costes.

Capítulo 5

SOPHIE miró a su alrededor y, con cierta culpabilidad, se dio cuenta de que, después de llevar dos semanas viviendo en el apartamento que tan amablemente le había prestado Javier sin pedirle ningún alquiler a cambio, se sentía extrañamente feliz.

El apartamento era maravilloso. Aún se quedaba maravillada con la decoración cada vez que regresaba a casa del trabajo y se quitaba los zapatos para andar descalza por el fresco suelo de madera.

Había esperado una decoración minimalista, llena de superficies blancas, cuero negro y metal por todas partes. Había asumido que se vería abrumada por una descarada ostentación de riqueza y que se sentiría como una intrusa en tierra extraña.

Javier ya no era el hombre bromista, cálido, sexy y divertido que ella había conocido. Javier era un hombre duro, implacable e imponente con sus trajes hechos a mano y sus zapatos italianos y había supuesto que esa nueva personalidad se vería reflejada en el apartamento del que era dueño.

Cuando la asistente personal de Javier la acompañó al apartamento para mostrárselo, se quedó sorprendida, atónita incluso.

–Ha sido reformado –le había dicho la mujer en un tono vagamente perplejo–, por lo que esta es la primera vez que veo esta nueva versión...

Sophie no le había preguntado cómo era antes. Había

supuesto que estaría en muy mal estado. Seguramente Javier había comprado un montón de apartamentos algo anticuados y luego había pagado a un contratista para que los reformara y los convirtiera en la clase de inversión que se pudiera alquilar por una pequeña fortuna. Evidentemente, quien hubiera realizado la reforma había hecho un gran trabajo.

Se dirigió a la cocina, decorada con armarios gris pálido y suelos blancos de estilo antiguo a juego con las encimeras de granito.

El diseño era abierto. Entró en el salón con una taza de té y se sentó en el cómodo sofá. Entonces encendió la televisión para ver las noticias.

Era viernes y la ropa de trabajo estaba ya en la cesta de la colada. Javier le había dicho que estaba bien ir vestida más informalmente al trabajo, pero ella no le había hecho caso.

«Es mejor mantenerse profesional, centrada en el trabajo», había pensado. Los vaqueros y las camisetas borrarían los límites entre ellos... al menos en su caso.

En cualquier caso, no creía que supusiera diferencia alguna el modo en el que ella vistiera. Después del primer día, Javier había desaparecido. Se había puesto en contacto con ella ocasionalmente a través del correo electrónico o por teléfono. Había visitado las oficinas en un par de ocasiones, pero ella había estado fuera tratando de conseguir más clientes. Sophie no dejaba de pensar que él había hecho coincidir aquellas visitas con su ausencia para evitar encontrarse con ella.

Resultaba evidente que él no pensaba en absoluto en ella, mientras que Sophie no podía dejar de pensar en él. Peor aún, en su despacho, se pasaba el día pensando que él iba a llegar inesperadamente. A las cinco y media, se sentía profundamente desilusionada porque no hubiera aparecido.

Por eso, el corazón le daba un brinco cuando abría su correo electrónico y veía que tenía un mensaje de él. O cuando escuchaba su profunda voz al otro lado de la línea telefónica. Corría el peligro de obsesionarse con un hombre que pertenecía a su pasado, al menos emocionalmente.

De repente, él había aparecido en escena, haciéndola pensar en el pasado y despertando recuerdos de las elecciones que había hecho en esos momentos y obligándola a rememorar la historia de horror que se había producido a continuación.

Javier la hacía pensar en Roger. Sentía curiosidad por él, tal vez no a nivel personal, sino porque había muchas cosas que no entendía. Le había preguntado por qué no había hecho nada cuando se enteró de que Roger estaba fundiendo grandes sumas de dinero en el juego. O cuando descubrió el nivel de los problemas económicos de la empresa. No podía entender por qué ella no había actuado con más decisión.

Desde entonces, Sophie había madurado mucho. Había tenido que hacerlo. En el proceso, había visto lo débil que era su hermano para tomar decisiones o seguir caminos difíciles.

Cuando pensaba en la persona que ella era hacía siete años, le parecía ver a una desconocida. La joven sin preocupaciones con una vida llena de opciones había desaparecido para siempre. Se había convertido en una mujer con opciones limitadas y demasiados malos recuerdos a los que enfrentarse.

¿Era esa la razón por la que se había obsesionado con Javier? ¿Porque él le recordaba a la mujer que fue?

Desgraciadamente, no solo era eso. Le aceleraba los latidos del corazón de la misma manera que entonces. Más que eso. Hacía que sintiera el cuerpo vivo como no lo había sentido desde hacía años. En realidad, desde que estuvo con él. Javier hacía que volviera a sentirse joven.

Chascó la lengua con impaciencia y subió el volumen de la televisión, decidida a no desperdiciar la tarde pensando en Javier y recordando cómo era la vida siete años atrás.

Estuvo a punto de no oír que alguien estaba llamando al timbre. Cuando lo oyó, pensó que debía de haberse equivocado porque ella no recibía visitas de nadie.

Desde que se mudó a Londres, se había mostrado muy reservada. Conocía a algunas personas, pero casi todos los empleados eran nuevos y ella había evitado entablar amistad con ellos. Además, era su jefa más o menos. No quería que nadie supiera detalles de su vida que prefería ocultar. Por ello, quien hubiera llamado al timbre del portal no podía ser alguien que fuera a verla a ella.

Fue al intercomunicador, que le permitía ver a quien estuviera abajo. Su inesperado visitante la dejó sin aliento.

–Veo que estás en casa...

Javier había tomado la decisión de ir a verla en el último minuto. Desde que Sophie empezó a trabajar en Londres, la había visto tan solo en una ocasión, pero había hablado con ella por teléfono y por correo electrónico en varias ocasiones. Había mantenido adrede las distancias porque el efecto que Sophie ejercía sobre él lo había dejado sin palabras. Estaba acostumbrado a controlar todos los aspectos de su vida y había dado por sentado que la aparición de ella en su vida no supondría nada que no fuera capaz de manejar.

Sin embargo, desde el primer instante que la vio, comprendió que eso no iba a ser posible. Había tenido la intención de intercambiar fríamente su ayuda por el cuerpo que ella le negó hacía siete años, el cuerpo que aún seguía deseando. Sophie lo había utilizado y el destino le había dado una oportunidad de oro para vengarse.

Al verla, todo aquel plan le había parecido más que simple. Una estupidez.

No iba a perseguirla ni a presentarse todos los días en su lugar de trabajo, aunque tuviera todo el derecho de estar allí considerando la cantidad de dinero que había invertido en aquella empresa.

Quería que ella acudiera a él, pero mantenerse alejado, esperando, le había resultado mucho más difícil de lo que había pensado en un principio.

Por eso estaba allí.

Sophie se preguntó si estaría mal decirle que estaba a punto de salir. Aquella inesperada aparición le había provocado un sudor frío. Había estado pensado en él y, de repente, allí estaba, como si su imaginación lo hubiera conjurado.

—Yo... yo...

—Déjame entrar.

—Estaba a punto de... de tomar algo para cenar.

—Perfecto. Me apunto.

Aquello no era lo que Sophie tenía en mente. Había tratado de ponerle una excusa y conseguir que quedaran en otra ocasión, cuando ella tuviera sus defensas preparadas. Además, estaba despeinada, vestida con unos pantalones de chándal y una camiseta vieja y encogida.

—¡Vamos, Sophie! ¡Voy a echar raíces!

—Está bien...

Le abrió la puerta al recordar que, después de todo, aquel apartamento le pertenecía a él. Además, como no le pagaba ni un penique por el alquiler, Javier tenía todo el derecho.

Se arregló un poco el cabello en el espejo que había junto a la puerta. A pesar de que ya sabía que él subía, se sobresaltó cuando llamó a la puerta.

Evidentemente, había ido a verla directamente del

trabajo, aunque parecía haber tenido tiempo para quitarse la corbata, desabrocharse un par de botones de la
camisa y remangarse hasta los codos. Sophie no pudo
evitar mirarle los fuertes antebrazos antes de centrarse
de nuevo en su rostro.

—Estás muy arrebolada —le dijo él mientras se apoyaba contra el marco de la puerta—. No te he interrumpido en medio de algo muy urgente, ¿verdad?

Así era como la recordaba. Arrebolada. Sexy. Fresca.
Y tan inocente...

Recorrió su figura. Se fijó en la silueta de los firmes
pechos bajo una camiseta varias tallas más pequeña, el
liso vientre donde terminaba la camiseta y los pantalones de deporte. Aunque un atuendo así no debería haberla favorecido en nada, estaba muy guapa y el cuerpo
de Javier respondió con vigor.

Se irguió y frunció el ceño ante la repentina incomodidad que le provocaba la erección.

—No te he visto mucho en las últimas dos semanas
—dijo para tratar de no pensar en Sophie y en una cama—.
Por eso pensé venir a verte aquí antes de que te marcharas al norte para pasar el fin de semana.

—Por supuesto.

—¿Y bien? —le preguntó—. ¿Qué te parece el apartamento?

Algunos podrían decir que había sido un dispendio
innecesario volver a decorar el apartamento, dado que
un mes antes estaba en perfecto estado. Sin embargo,
Javier lo había recorrido, había mirado la fría decoración
y se había imaginado perfectamente la reacción de Sophie: desdén. Siempre le había divertido el gusto que
ella tenía por lo antiguo.

—Me imagino que tu casa estará a la última en lo que
se refiere a muebles y decoración —había bromeado él en
una ocasión, cuando la sorprendió mirando una cama

con dosel, cubierta por un millón de cojines, en el escaparate de una tienda.

–No. Mi madre es como yo –había respondido ella con una sonrisa–. Le encantan las antigüedades y todo lo viejo y lleno de carácter...

Por eso, Javier personalmente se había encargado de decorar el apartamento con algunas piezas de carácter. Él, que le encantaba lo moderno y lo minimalista. La casa de sus padres había estado muy limpia, pero casi todo lo que tenían era de segunda mano. Había crecido con tantos muebles que habían tenido demasiado carácter que, en aquellos momentos, tan solo le gustaba lo más moderno.

Sin embargo, había disfrutado mucho escogiendo él mismo los muebles nuevos para el apartamento. Había disfrutado imaginando su reacción al ver la cama con dosel que había comprado, el hermoso sofá tapizado de flores y la gruesa alfombra persa que alegraba un poco el pálido suelo.

–El apartamento está bien –dijo Sophie mientras daba un paso atrás–. Más que bien –admitió–. Me encanta la decoración. Deberías felicitar a tu diseñador o diseñadora de interiores.

–¿Y quién ha dicho que lo haya tenido?

Aquella pregunta hizo que Sophie se sonrojara y se sintiera bastante confusa. Imaginárselo escogiendo personalmente todos los muebles resultaba algo... íntimo. Pero por supuesto él jamás habría hecho algo así. ¿Qué hombre soltero y rico perdería el tiempo en buscar alfombras y cortinas? Ciertamente no alguien como Javier, que era masculino hasta el último hueso de su cuerpo.

–Me temo que no tengo gran cosa para cenar...

Sophie se dio la vuelta. El corazón le latía tan fuerte que casi no podía respirar. La presencia de Javier parecía filtrarse por todo el apartamento, llenándolo con sofocante y masculina intensidad. Así era y así había sido siempre con él. En su presencia, se sentía débil y agradablemente indefensa. Incluso cuando no tenía dinero, Javier conseguía proyectar un aire de seguridad en sí mismo absoluta. Hacía que, en comparación suya, el resto de los chicos parecieran niños pequeños.

La diferencia era que, entonces, había podido disfrutar de tanta masculinidad. Había podido tocar, acariciar sin permiso algo. Había podido desearle y mostrarle lo mucho que ella lo deseaba a él.

Eso ya no era posible.

Además, no quería desearle. No quería verse transportada a un pasado que había desaparecido para siempre. No quería que el corazón le latiera alocadamente como si fuera el de un adolescente solo porque estuviera compartiendo el mismo espacio que ella. Era una mujer y había sufrido mucho en la vida. Su perspectiva había cambiado para siempre por las cosas a las que había tenido que enfrentarse. Ya no tenía ilusiones ni creía que tuviera derecho a ser feliz. Javier Vázquez pertenecía al pasado, un pasado que se erguía entre ambos como un muro infranqueable al igual que todos los cambios que le habían ocurrido a ella.

–No esperaba compañía –añadió al comprobar que él la había seguido hasta la cocina.

–Huele muy bien. ¿Qué es?

–Solo una salsa de tomate. Iba a tomarla con pasta.

–Nunca te gustó cocinar...

–Lo sé –admitió ella con una sonrisa mientras observaba cómo él se sentaba en una silla–. Nunca tuve que hacerlo. A mi madre le encantaba cocinar y yo estaba encantada con que ella se ocupara. Cuando cayó enferma, siguió haciéndolo porque decía que la mantenía ocupada y la ayudaba a no pensar en sus problemas de salud. Yo me limitaba a fregar los platos y a colocarlo todo, pero ella era la chef. Entonces...

Suspiró y se puso a terminar de preparar la cena, aunque era consciente de cómo la miraban los ojos de Javier.

Él se resistió a presionarla para que le diera respuestas.

—Y aprendiste a cocinar —dijo él ayudándola a pasar el mal trago para que prosiguiera hablando.

—Sí. Y descubrí que me gustaba bastante.

Parecía que la curiosidad inicial de Javier había desaparecido. Dio las gracias en silencio por ello, porque había demasiadas cosas que jamás podría contarle. Sin embargo, junto con el alivio, experimentó una cierta desilusión. Aquella falta de curiosidad solo podía indicar la indiferencia que sentía hacia ella.

Le sirvió un plato de pasta y se sentó frente a él. Le habría gustado sentarse encima de sus traidoras manos por si a ellas se les ocurría hacer algo inapropiado, pero tuvo que recordarse que era una mujer adulta.

Se oyó hablar sobre sus habilidades culinarias mientras él comía y la escuchaba, aparentemente muy interesado en lo que ella tuviera que decir.

—Entonces, ¿te gusta el apartamento? —le preguntó él cuando ella terminó de hablar mientras se tomaba un poco de vino—. ¿Y el trabajo?

—Resulta algo... incómodo.

—Explícate.

—Tenías razón —dijo ella mientras se levantaba para empezar a recoger la mesa—. Algunas de las personas en las que mi padre confiaba han defraudado a la empresa de mala manera a lo largo de los años. Solo se me ocurre pensar que emplear a amigos era un lujo que mi padre tenía cuando inicio la empresa. Después, o siguió pensando que estaban haciendo un buen trabajo o sabía que no lo estaban haciendo, pero le resultaba difícil despedirlos. Entonces...

–Entonces, ¿qué?

–Nunca se deshizo de ellos. Por suerte, la mayoría ya se han marchado, pero con una generosa pensión o con una buena compensación...

–La empresa está en peor situación de la que había imaginado.

Sophie palideció. Observó cómo él la ayudaba a recoger y llevaba su plato al fregadero.

–¿Qué quieres decir?

–Tu padre no perdió solo el negocio de vista cuando cayó enfermo. En realidad, dudo que lo controlara desde el principio como debía.

–¿Cómo puedes decir eso?

–He repasado los libros con cuidado, Sophie –respondió mientras se colocaba el trapo de cocina con el que se había secado las manos sobre el hombro y se apoyaba contra la encimera con los brazos cruzados sobre el pecho.

Javier siempre había sospechado que el padre de Sophie había jugado un papel fundamental en la decisión que ella tomó de dejar la universidad y volver con el hombre con el que siempre había estado destinada a casarse, aunque Sophie nunca se lo había dicho. Lo único que le había dicho, casi sin mirarle a la cara, fue que tenía que dejar la universidad por una situación familiar que les había surgido.

Javier nunca le había dicho que, después, fue a ver a sus padres como tampoco que se enfrentó con su padre. Él no le dejó duda alguna de que no iba a permitir que su hija tuviera una relación permanente con alguien como él.

Se preguntó si la extrema reacción del padre de Sophie había estado relacionada con su enfermedad. Frunció el ceño al recordar la acalorada discusión que se produjo a continuación y que provocó que él se marchara de allí sin mirar atrás.

Aquel era el momento perfecto para despojar a Sophie de las ilusiones que tenía sobre un padre que, evidentemente, sabía muy poco sobre cómo dirigir un negocio. Sin embargo, al ver la tristeza en el rostro de Sophie, dudó.

—Era un padre maravilloso —afirmó ella, pensando en las muchas veces que se había llevado a toda la familia de excursión, dejando a menudo la empresa a cargo de los hombres que trabajaban para él. Su lema era «La vida es para disfrutarla». Jugaba al golf y los llevaba de vacaciones a lugares estupendos.

Sophie admitía que la poca falta de supervisión no ayudó a la situación de la empresa. Él había heredado un negocio boyante, pero, cuando todo empezó a basarse en la tecnología, él no supo progresar con los tiempos.

Desgraciadamente, mirando atrás, ella comprendía que los problemas habían empezado a acumularse como nubes oscuras en el horizonte, esperando el momento de crear la tormenta que los había llevado a la situación en la que se encontraban en aquellos instante.

Javier abrió la boca para decirle la verdad sobre su padre, pero entonces pensó en el suyo propio. A él no le gustaría que nadie hablara mal en contra de su padre. Por ello cambió de actitud.

—Tu padre no sería el primero que fallara a la hora de ver áreas posibles de expansión —dijo con voz ronca—. Ocurre.

Sophie supo que él había cambiado lo que iba a decir. Algo se desató en lo más profundo de su ser mientras lo miraba fijamente a los ojos.

—Gracias... —susurró.

—¿Por qué me las das?

—Estaba muy chapado a la antigua y, desgraciadamente, las personas en las que delegó lo estaban tanto como él. Mi padre debería haber realizado una auditoría externa en el momento en el que los beneficios comenzaron a bajar. Sin embargo, prefirió no ver lo que ocurría.

«Igual que le pasó con tu marido».

Ese pensamiento hizo que Javier se tensara. Su padre había estado tan chapado a la antigua que tenía puntos de vista pomposos y arrogantes sobre los «advenedizos extranjeros» como para pensar que un perdedor con el acento perfecto era la clase de hombre con el que su hija debería casarse.

Sin embargo, no pensaba ir por ahí porque ese punto de vista hubiera absuelto a Sophie de toda culpa, cuando nadie le había puesto una pistola en la cabeza ni la había obligado a casarse.

Ella había querido dar ese paso. Ella había querido seguir con su marido, aunque sabía que él estaba arruinando la empresa con sus alocadas inversiones. Había preferido guardar silencio. Y la única razón por la que lo había hecho era porque lo amaba.

Se dio la vuelta de repente y rompió el contacto visual con Sophie. La boca se le había llenado de un amargo sabor.

–La empresa tendrá que aligerarse aún más –afirmó él–. Los pesos muertos ya no se pueden tolerar más –añadió mientras observaba cómo ella fregaba los platos.

–¿Estás diciendo que vas a despedir a los viejos amigos de mi madre? Es eso, ¿no?

–Es lo que hay que hacer.

–Algunos de ellos tienen familias. Están a punto de jubilarse... Tal vez no hayan sido los más eficaces del planeta, pero han sido leales...

–Y tú valoras mucho la lealtad, ¿verdad? –murmuró.

–¿Y tú no?

–Hay ocasiones en las que el sentido común tiene que ganar la batalla.

–Tú estás a cargo ahora. Supongo que no tengo elección, ¿verdad?

En vez de tranquilizarlo, aquella actitud pasiva y resentida acicateó la ira dentro de él.

–Si hubieras dado un paso atrás –le espetó con crueldad–, y hubieras cambiado la lealtad ciega por el sentido común, podrías haber controlado algunos de los escandalosos excesos de tu querido esposo...

–¿De verdad lo crees? –replicó ella. Dio un paso atrás y lo miró con desprecio.

–¿Y qué otra cosa se puede creer? –le preguntó él con sarcasmo–. Si se unen los puntos, normalmente se termina teniendo una imagen bastante exacta.

–¡Yo no podría haber detenido a Roger en modo alguno! –le gritó, arrepintiéndose enseguida de haber estallado de aquella manera–. ¡Siempre que trataba de hacerle ver las cosas con sentido común había consecuencias!

El silencio que se produjo después de aquel estallido fue eléctrico, tanto a que Sophie se le puso el vello de punta.

–¿Consecuencias? ¿Qué clase de consecuencias? –insistió Javier.

–Ninguna –musitó Sophie. Se dio la vuelta, pero él le agarró del brazo y la obligó a volverse de nuevo hacia él.

–Después de abrir el cajón de los truenos, no puedes terminar así esta conversación, Sophie.

Sophie no quería recordar aquellos errores en voz alta, y mucho menos con Javier como testigo. No quería su pena. No quería que él viera su vulnerabilidad.

–¡No es relevante! –le espetó tratando de zafarse de él sin conseguirlo.

–¿Acaso te...? No sé lo que pensar, Soph...

Escuchar la abreviatura de su nombre le produjo una

oleada de recuerdos que abrieron un enorme agujero en sus mecanismos de defensa. Los labios comenzaron a temblarle y sintió que los ojos se le llenaban de lágrimas. Parpadeó rápidamente para contener las lágrimas.

—Podía ser imprevisible...

Tensó la mandíbula y apartó la mirada. Sin embargo, Javier no le permitió que lo evitara. Le colocó un dedo debajo de la barbilla y le hizo girar de nuevo el rostro.

—Esa es una palabra muy amplia... Trata de especificar un poco...

—Podía insultar verbalmente —confesó ella—. En una ocasión, el daño fue físico...Ya lo sabes, Javier. Si yo trataba de interferir en su problema de juego, no se podían saber cuáles podrían ser las consecuencias para mí.

Javier se sentía horrorizado. Bajó la mano y agarrotó los dedos.

—¿Y por qué no te divorciaste de él?

—Fue un matrimonio muy breve de todos...

—¿Sabías que él tenía problemas para controlar la ira? —le preguntó Javier mientras se mesaba el cabello. De repente, la cocina le pareció del tamaño de una caja de cerillas. Necesitaba andar, golpear algo...

—Por supuesto que no y ciertamente no era así cuando... No lo entiendes. Y yo de verdad que preferiría no seguir hablando de esto más.

Javier se había sentido incrédulo ante la confesión de Sophie. Sus palabras le hicieron dudar una vez más de lo que en un principio habían sido sus intenciones con respecto a ella.

Se recordó que, fundamentalmente, nada había cambiado. Sophie había iniciado algo hacía siete años y no había podido terminarlo porque había elegido marcharse con su novio, que era socialmente más aceptable para él. Ese novio a su vez había fallado a las expectativas puestas en él. Después, varios acontecimientos de su vida le obligaron a dar un giro desastroso. Sin embargo, nada de eso cambiaba el hecho de que ella lo había engañado.

No obstante...

El deseo era tan fuerte y lo sentía recorriéndole las venas... Ella seguía mirándolo muy fijamente, incapaz de romper el contacto visual.

Sutilmente, el ambiente cambió. Javier notó el cambio en la respiración de ella, vio cómo se le dilataban las pupilas, cómo separaba los labios como si estuviera a punto de decir algo...

Javier le enmarcó el rostro entre las manos y escuchó el largo suspiró que ella exhaló antes de echarse a temblar.

Sophie sentía que los párpados le pesaban mucho. Quería cerrar los ojos como si así pudiera respirar a Javier más profundamente. Quería hacerlo, quería respirarlo, quería tocarlo y poder arrancarse la espina que llevaba clavada desde que él volvió a entrar en su vida.

Quería besarlo y saborear sus labios.

Tan solo se percató de que se estaba poniendo de puntillas hacia él cuando sintió la dureza del torso bajo las palmas de las manos. Oyó que un gemido se le escapaba de los labios y, de repente, comenzó a besarlo. Las lenguas se entrelazaron, explorando, aliviando en parte el dolor de su cuerpo...

Se acercó más a él, apretándose contra su cuerpo. Quería frotarse contra él, sentir la desnudez de su cuerpo contra el suyo propio...

No se podía saciar de él.

Era como si el tiempo no hubiera transcurrido entre ellos, como si volvieran a estar donde entonces, cuando él podía hacer arder su cuerpo con la más mínima caricia. Nada había cambiado, pero al mismo tiempo nada era igual.

—¡No! —exclamó. Recuperó la cordura horrorizada,

presa del pánico–. Esto es... Yo no soy la de entonces... yo... ¡No!

Se había abalanzado sobre él. Se le había ofrecido. Prácticamente lo había asaltado como si fuera una mujer desesperada por falta de sexo... Y Javier ni siquiera sentía nada por ella...

La humillación se apoderó de ella. Se sonrojó y dio un paso atrás.

–Te ruego que me perdones. No debería haber ocurrido nunca. No sé qué me ha pasado... –susurró. Se mesó el cabello y trató de permanecer tranquila, pero estaba temblando de la cabeza a los pies.

Javier frunció las cejas y ella se sonrojó aún más.

–Entre nosotros solo hay ya asuntos profesionales –insistió ella–. No sé... Debo de haber tomado... Normalmente no suelo beber...

–¿No te parece la excusa más increíble del mundo? –murmuró Javier–. Echarle la culpa al vino...

–¡Me importa un bledo lo que pienses tú! –exclamó. Intentó tranquilizarse enseguida. Tenía que recuperar el control de la situación.

Se aclaró la garganta y lo miró fijamente.

–Yo... Tenemos que seguir trabajando juntos durante un tiempo y esto ha sido un desafortunado error. Te agradecería mucho que no lo volvieras a mencionar. Los dos podemos fingir que no ha ocurrido nunca porque no volverá a ocurrir jamás.

Javier bajó la mirada e inclinó la cabeza hacia un lado, como si estuviera considerando lo que ella acababa de decir. ¿De verdad creía Sophie que podía cerrar el libro sobre la página que acababan de escribir?

La había saboreado y solo un instante no le iba a bastar. Ni a él ni a ella. Los dos necesitaban saciarse...

–Si eso es lo que quieres –dijo él encogiéndose de hombros–. Desde el lunes, cuenta que estaré por aquí la mayor parte del tiempo. Los dos queremos lo mismo, ¿no?

–¿Cómo? –preguntó ella confusa.

¿Qué era lo que quería ella? Desgraciadamente, le daba la sensación de que era exactamente lo mismo que quería él.

–Resolver los problemas de la empresa tan rápidamente como sea posible –dijo él en tono de voz sorprendido, como si no comprendiera cómo ella no había sabido la respuesta inmediatamente–. Por supuesto...

Capítulo 6

N O.

–Dame tres buenas razones y tal vez te deje marchar con esa respuesta.

Sophie miró fijamente a Javier. El lenguaje corporal lo decía todo. Se había apoyado sobre el escritorio, con el torso levantado hacia él con airado rechazo.

Tal y como había prometido, prácticamente estaba a diario en las oficinas de Notting Hill. No estaba allí todo el tiempo, lo que a la larga habría resultado más fácil. No. Entraba y salía. En ocasiones ella llegaba a las ocho y media y él ya estaba instalado en el escritorio de Sophie, que parecía haber reclamado como si fuera el suyo propio, desde el alba y con una lista de tareas que la tenía a ella corriendo durante el resto del día.

En otras ocasiones, se presentaba a media tarde y se contentaba con comprobar un par de cosas con el resto de los empleados antes de desaparecer de nuevo, prácticamente sin mirarla.

Y, por supuesto, había días que ni siquiera se presentaba y que no había comunicación alguna.

Después de seis semanas, Sophie se sentía como si la hubieran metido en una secadora con la velocidad al máximo. Se sentía triste, insegura y temerosa porque, además, tenía que ocuparse del terrible embrollo financiero en el que se había visto inmersa. Cada vez resultaba más evidente que no había logrado olvidar a Javier y que carecía por completo de inmunidad contra el impacto que él suponía contra sus sentidos. Tal vez tenía el corazón protegido por bloques de hielo, pero resultaba evidente que el cuerpo no.

–No tengo que darte razón alguna, Javier.

Había estado a punto de marcharse a casa poco después de las seis cuando Javier había entrado en su despacho justo cuando estaba poniéndose la chaqueta.

–Será rápido...

No le había dado opción a contestar. Después, se había sentado en una butaca y le había indicado a ella que hiciera lo mismo. Eso había sido hacía media hora.

–En realidad, sí estás de acuerdo...

La miró perezosamente. A pesar del hecho de que la mayoría de los jóvenes empleados vestían informalmente, Sophie seguía vistiendo muy formalmente. Faldas grises y blusas blancas. Faldas negras y blusas blancas. Y siempre con los mismos zapatos negros. El arrebatador cabello que había visto suelto en una ocasión, cuando la sorprendió en casa, se lo había vuelto a recoger sobre la nuca.

–¿Por qué?

–Porque creo que funcionaría.

–Y, por supuesto, porque tú crees que funcionaría, eso significa que yo tengo que estar de acuerdo contigo.

–¿Cuántos de los programas que he puesto en funcionamiento a lo largo de los últimos años han fallado?

–No se trata de eso...

–¿Alguno? No. ¿Está viendo esta empresa el inicio de una nueva etapa? Sí. ¿Han informado los de ventas que empieza a haber beneficios? Sí. Por lo tanto, esta idea tiene sentido y generará ventas muy importantes.

–¡Pero yo no soy modelo, Javier!

–De eso se trata, Sophie. Eres el rostro de la empresa. Poner tu imagen en paneles publicitarios y en anuncios personalizará a la empresa. La mitad de la batalla para ganar clientes se gana haciéndoles sentir como si se estuvieran relacionando con algo que es mucho más que un nombre y una marca.

Sophie no dejaba de mirarlo fijamente mientras que él le devolvía la mirada con gran tranquilidad.

Aquel juego estaba llevando más tiempo de lo que Javier había anticipado, pero resultaba que él no tenía prisa alguna por acelerar las cosas. Estaba disfrutándola. Disfrutaba del modo en el que ella le hacía sentir y no solo por la reacción de su cuerpo ante Sophie. No. Aquella vuelta al pasado le estaba resultando muy revitalizadora. ¿Y a quién no le gustaba sentirse revitalizado? Por supuesto, tendría que pisar el acelerador al final, porque tendrían que terminar en la cama para que él pudiera volver a la vida de la que se había estado tomando unas pequeñas vacaciones.

Sin embargo, por el momento...

Le gustaba el modo en el que ella se sonrojaba. Casi podía olvidar que había sido una astuta jovencita que le había tomado por idiota.

—Tan solo tenemos que hablar de los detalles. Y deja de mirarme así. Pensaba que a todas las mujeres les gustaba mostrar sus cuerpos.

Sophie acentuó más el desprecio de su mirada.

—¿De verdad crees eso, Javier?

—¿A quién no le gustaría que le pidieran ser modelo?

—¿Es eso lo que te dicen las mujeres con las que tú sales?

Javier entornó la mirada porque aquella era la primera vez que ella realizaba algún comentario sobre su vida amorosa.

—La mayoría de las mujeres con las que he salido eran ya modelos de pasarela. Estaban acostumbradas a enfrentarse con la mirada del público.

Sophie se lo había preguntado. Por supuesto que sí. Pues ya lo sabía. Modelos. Javier no salía con mujeres normales, que tuvieran trabajos normales. Era la clase de hombre que podía tener todo lo que quería, y esa clase de hombres tan solo quiere tener a modelos profesionales colgadas del brazo. Todo era tan previsible...

–Has dejado de mirarme fijamente –le dijo él–. Eso es bueno. Sin embargo, ahora lo haces con desaprobación. ¿Por qué? ¿Qué es lo que desapruebas? ¿La clase de mujer con la que salgo?

–¡Me importa un comino la clase de mujer con la que salgas!

–¿De verdad? Pues pareces un poco agitada. ¿Qué tienen de malo las modelos? Da la casualidad de que algunas son bastante listas.

–Bastante listas... –bufó Sophie.

Se había sonrojado al máximo. La mirada oscura de Javier le provocaba extrañas sensaciones. Le hacía sentirse sobresaltada y excitada.

Los pezones se le irguieron y comenzó a sentir una cierta humedad entre las piernas que no tenía nada que ver con el desprecio que ella sentía por la clase de mujeres con las que él salía.

Recordó inmediatamente el beso que habían compartido y ello provocó que la respiración se le entrecortara en la garganta.

Tal y como ella había exigido, no se había vuelto a mencionar. Era como si nunca hubiera ocurrido. Sí, eso era exactamente lo que ella deseaba, pero no por ello había logrado olvidarlo.

–¡Solías decirme que te gustaba que yo tuviera opinión!

–Muchas modelos tienen opinión, aunque admito que no siempre es de la variedad intelectual. Tienen opiniones muy firmes sobre zapatos, bolsos, otras modelos...

Sophie estuvo a punto de sonreír. Había echado de menos el sentido del humor de Javier. Aquello era algo contra lo que Roger jamás había tenido oportunidad alguna.

En realidad, él había sido el rasero contra el que se había medido siempre cualquier otro hombre. ¿Cuándo dejaría de ser así? ¿Cómo podría ella resignarse a una media vida, cuando seguía enamorada del hombre que estaba en aquellos momentos frente a ella? Aquella intensa reacción física no había muerto y aún podía hacerse sentir a través de las capas de tristeza y desesperación que habían dado forma a la mujer en la que se había convertido.

No había vuelto a mirar a ningún hombre desde que se quedó sola. Ni siquiera había sentido la tentación... Sin embargo, allí estaba, deseando mirar y tocar...

¿Por qué engañarse? Fingir que ese beso no había ocurrido no significaba que ella lo hubiera olvidado. Decirse que no debía sentir nada por un hombre que pertenecía a su pasado, un hombre que ni siquiera estaba interesado en ella, no significaba que ella no sintiera nada por él.

Lujuria. Se trataba de eso. Cuando más trataba de negar su existencia, más poderosamente parecía aferrarse a ella. Y parte de ello era porque... Javier no era indiferente.

Para empezar, la primera señal que lo indicaba había sido aquel beso. Sophie había sentido cómo la boca de Javier exploraba la de ella, hambrienta y avariciosa. Deseando más.

La segunda eran los roces accidentales, que se producían con relativa frecuencia mientras estaban trabajando.

Y, por último, Sophie no podía olvidar cómo, en una ocasión, le había sorprendido mirando durante más tiempo del necesario, observándola.

Además, en ocasiones, ¿no se le acercaba él demasiado, lo suficiente para que ella pudiera captar el aroma de su cuerpo, oler su limpio y masculino aroma?

¿No significaba algo todo aquello?

No sabía ni siquiera si él era consciente de la peligrosa corriente que discurría entre ellos, justo por debajo de la superficie. Si lo era, resultaba evidente entonces que él no tenía intención de hacer nada al respecto.

Entonces, un día, se marcharía.

En aquellos momentos, se estaba asegurando de que su inversión empezaba a dar beneficios. Había inyectado mucho dinero y no estaba dispuesto a ver cómo ese dinero desaparecía en la nada. Sin embargo, cuando la empresa estuviera a flote y pisara terreno más firme, se marcharía y le entregaría el mando a otra persona. Y ella haría lo mismo. Javier retomaría su ajetreada vida dirigiendo un imperio y ella regresaría a Yorkshire para volver a vivir en la residencia familiar, que podría renovar por fin al menos lo suficiente como para que fuera viable venderla.

Se separarían y ella se quedaría con aquella extraña sensación de vacío durante el resto de su vida.

Se sentía culpable por el modo en el que habían roto. Y, además, él seguiría siendo el rasero contra el que ningún otro hombre tendría posibilidad alguna...

Debería haberse acostado con él. Debería haberlo hecho en vez de reservarse para cuando llegara el momento adecuado, para cuando ella estuviera convencida de que la suya sería una relación que resistiría el paso del tiempo.

Si se hubiera acostado con él, Javier jamás habría alcanzado el estatus imposible de ser el único hombre capaz de excitarla. Si se hubiera acostado con él, no se sentiría tan culpable por el modo en el que había terminado todo.

¿Resultaba egoísta pensar que, si enmendaba aquella situación, podría sentirse libre para seguir con su vida?

No era una mujer egoísta. Más bien lo opuesto. Sin embargo, sabía, con una cierta desesperación, que, si no tomaba lo que deseaba en aquellos momentos, se crearía toda clase de problemas en el futuro.

Se preguntó si podría hablar con su madre sobre ello. Decidió inmediatamente que no porque, para Evelyn Griffin-Watt, Javier era un error de juventud que había desaparecido de la vida de su hija hacía mucho tiempo sin dejar cicatriz alguna. Además, su madre vivía muy tranquila en Cornualles. No quería hacerle revivir recuerdos desagradables del pasado.

—Está bien.

—¿Me lo puedes repetir?

—Lo haré.

Javier sonrió lentamente. En realidad, la idea del modelaje se le había ocurrido el día de antes, y había anticipado la derrota. Sin embargo, Sophie había accedido sin presentar mucha batalla.

—¡Excelente decisión!

—Me he visto obligada a ello.

—Es una palabra un poco fuerte. Yo prefiero «persuadida». Ahora, tengo algunas ideas...

Sophie se asomó por una abertura de las cortinas y miró hacia el patio, que se había transformado para la ocasión en un lugar elegante y respetable.

La sesión se había organizado en menos de una semana, durante la cual Sophie había tenido que hablar con expertos en medios de comunicación y estilistas varios. Se imaginó que se les pagaba una cantidad fenomenal de dinero al día, porque no perdían prenda de lo que ella tuviera que decir.

Y eso que, básicamente, la única pregunta que Sophie les hacía era que cuánto tiempo iban a tardar.

Javier no había estado en ninguna de esas reuniones. Había delegado sus funciones en uno de los ejecutivos del departamento de Relaciones Públicas.

Sin embargo, eso no había molestado a Sophie. De hecho, se había alegrado. Tenía un plan y el elemento sorpresa era parte fundamental del mismo.

El día había llegado por fin y el patio hervía de cámaras, maquilladoras, directores, productores y todos los demás. ¿Dónde estaba Javier? No se le veía por ningún lado.

Y aquel era el día.

Se apartó de la ventana y se dirigió al espejo que la estilista había instalado en su dormitorio. Había acordado con Javier que la imagen sería de ella junto a un enorme camión articulado con el logotipo de la empresa bien visible, vestida con un pantalón de peto, una camisa de cuadros y un sombrero vaquero.

Sophie había decidido ir un paso más allá. La imagen del espejo presentaba unos pantalones cortos en vez del peto. La camisa de cuadros era la misma, pero se la había atado debajo del pecho, dejando al descubierto el liso vientre. El sombrero de vaquero había desaparecido de su cabeza. Le colgaba sobre la espalda para que su cabello quedara libre y salvaje.

Había decidido darle ese punto sexy cuando se dio cuenta de que jamás lograría superar lo que sentía por Javier si no se acostaba con él, si no lo seducía y conseguía llevárselo a la cama. Tenía su imagen en la cabeza desde hacía años y no se le ocurría otra manera mejor para sacarlo de allí.

Nunca había seducido a nadie en toda su vida. Solo pensarlo le aterraba, pero había decidido que debía actuar. Ya no era una adolescente ni veía el futuro a través de cristales teñidos de rosa ni creía en los finales felices.

Era una mujer adulta, dañada por sus experiencias vitales, que tendría que enfrentarse al arrepentimiento durante el resto de su vida si no lo intentaba. ¿Y qué si fracasaba? ¿Y si él la miraba y se echaba a reír? Podría tener un instante de humillación, pero merecería la pena comparado con la vida que tendría pensando en una oportunidad que había dejado pasar.

Había llegado el momento.

Pero, desgraciadamente, no parecía que Javier fuera a presentarse...

Tenía los nervios destrozados. No había podido comer desde el almuerzo del día anterior... Se sentía fatal y todo iba ser para nada porque Javier evidentemente había decidido delegarlo todo en sus subordinados.

Bajó al patio cubierta con un albornoz blanco. Inmediatamente, se vio rodeada por un montón de personas cuya única función era prepararla para la sesión.

Les permitió que hicieran lo que tenían que hacer mientras la desilusión se apoderaba de ella. No estaba Javier. No habría seducción alguna. No pensaba hacerlo. No iba a ponerse a realizar seductoras poses con la esperanza de encender la pasión de alguien que ni siquiera estaba.

Le llevaron un espejo para que se viera. Sophie apenas se miró. Después de la tensión de los últimos dos días, se sentía como un globo que se había desinflado antes de que empezara la fiesta.

Oía que se gritaban órdenes y se le instruía para que adoptara poses. Nadie había cuestionado el cambio de vestuario. Ella era el proyecto personal de Javier y nadie se atrevía a cuestionarla por miedo a que ella informara desfavorablemente al gran jefe.

Efectivamente, el atuendo era provocador y las poses

también lo eran más de lo que se había pensado en un principio.

Sophie estaba de espaldas al equipo, con una mano ligeramente apoyada sobre el reluciente camión. Miraba por encima del hombro con una sonrisa cuando oyó la voz de Javier rugir a sus espaldas.

—¿Qué demonios está ocurriendo aquí?

Sophie se dio la vuelta y vio que todo el equipo observaba con gesto de confusión a Javier. Eran conscientes de que habían hecho algo mal, aunque no sabían exactamente qué.

Javier se acercó a ellos como un toro furioso, con el rostro enrojecido por la ira.

—¡Tú! —exclamó mientras señalaba al director de la sesión.

El hombre comenzó a tartamudear de consternación, sin saber cuál era el problema. La sesión iba muy bien y lo que ya tenían iba a servir. La publicidad iba a hacer que la empresa fuera muy conocida. Sophie era una modelo maravillosa. No tenía rabieta alguna ni exigencias de diva. Era perfecta para el trabajo y el hecho de que fuera una de las dueñas de la empresa supondría un punto a su favor...

Javier levantó una mano para impedir que el director siguiera hablando.

—¡Esto no es lo que yo quería! —exclamó. Entonces, miró a Sophie con el ceño fruncido y ella se cruzó los brazos sobre el pecho a la defensiva.

—No tienen ni idea de lo que les estás diciendo, Javier —le dijo ella dulcemente mientras se dirigía hacia él, caminando con seguridad aunque estaba temblando por dentro, incapaz de apartar los ojos de él. Javier dominaba el espacio que lo rodeaba. Era una figura alta e imponente, que, evidentemente, inspiraba temor, miedo y respeto en igual medida.

Resultaba muy excitante pensar que aquel era el mismo hombre que, en el pasado, le había dicho que lo convertía en un ser débil, el hombre cuyos ojos habían ardido de deseo cuando la miraban... El hombre al que ella deseaba tanto que le dolía. El hombre por el que estaba dispuesta a tolerar la humillación.

—Esta sesión ha terminado...

La orden iba dirigida al director, pero Javier no había apartado los ojos de Sophie.

Maldijo la llamada telefónica que le había hecho salir tarde y luego el tráfico que le había impedido llegar con celeridad a la casa de Sophie a la hora estipulada. Si hubiera llegado antes, habría...

Se habría asegurado que ella no ponía un pie fuera de la casa vestida de aquella manera.

Le sorprendía aquella regresión a los tiempos de la Prehistoria por su parte, completamente opuesto al frío comportamiento que tanto le enorgullecía.

Se metió las manos en los bolsillos y siguió mirándola con ferocidad mientras todo el equipo comenzaba recoger el equipo con celeridad y desaparecían inmediatamente.

Sophie era consciente del revuelo de coches que les rodeaba, pero estaba inmersa en una pequeña burbuja en la que las dos únicas personas existentes eran Javier y ella misma.

—Ese no es el atuendo que acordamos.

—Veamos. Camisa a cuadros. Tick. Pantalón vaquero. Tick. Estúpido sombrero de vaquero. Otro tick.

—Sabes perfectamente a lo que me refiero... —susurró él incapaz de apartar los ojos de ella.

—¿Sí?

No se había dado cuenta del frío que hacía. Tuvo que abrazarse a sí misma.

—Tienes frío —dijo él. Se quitó la americana y se la

colocó a Sophie alrededor de los hombros. Durante un instante, ella tan solo deseó cerrar los ojos y aspirar el aroma que emanaba de la prenda.

De eso precisamente se trataba. De un hambre que no habían conseguido saciar, que debían saciar. Era el único modo de terminar aquel asunto y dejar que todo terminara para siempre.

—Dime una cosa... ¿Por qué estás tan enfadado? No has sido muy justo con todas las personas del equipo. Solo estaban haciendo su trabajo.

—Yo no lo veo así...

La americana empequeñecía la figura de Sophie, pero tan solo le daba un aspecto más sexy. Javier se movió un poco para evitar la incomodidad que le producía la erección. ¿Llevaba Sophie sujetador? No lo creía. Eso le enfureció una vez más.

—¿Cómo lo ves tú?

—¡Tenías que parecer una persona íntegra! ¡La vecina atractiva y no una sirena sexy que pueda robarte al marido! ¿Cómo diablos vamos a vender nuestros servicios así?

—Yo pensaba que el sexo lo vendía todo...

—¿Y por eso lo hiciste? ¿Es ese el concepto que tienes de aportación positiva? ¿Aparecer prácticamente desnuda y frotarte contra ese camión como si fueras una fulana posando para un anuncio de motos?

—¿Cómo te atreves?

Sophie se sonrojó.

—Todo el equipo se lo debe de haber pasado bomba comiéndote con los ojos. O tal vez eso era precisamente lo que tenías en mente. ¿Es eso? ¿Acaso vivir en Londres ha despertado en ti la necesidad de superar los límites? ¿Te has dado cuenta de la vida monjil que llevabas aquí?

—Yo no he hecho esto para que nadie del equipo se lo

pasara bomba mirándome —le espetó ella—. He hecho esto para que...

La voz le falló. Las manos comenzaron a sudarle. Se lamió los labios para aliviar la tensión que vibraba entre ellos.

—¿Para qué?

—Para que quien me comiera con los ojos fueras tú...

Capítulo 7

AQUELLO era lo que Javier había estado esperando, la lenta llama que llevaba al incendio,
porque sabía que habría un incendio. Sophie rezumaba atractivo sexual prácticamente sin ser consciente de ello. Y se le había ofrecido. No se había equivocado sobre las señales que había estado captando.
¿Cómo había podido dudar de sí mismo?

Por supuesto, tendría que dejarle bien claro que no se
trataba de una especie de relación, que hicieran lo que
hicieran, sería puramente un acto físico y animal. Habían tenido su oportunidad para el romance en el pasado,
pero ella le había puesto punto final. El romance era ya
algo impensable entre ellos.

Sonrió, frunciendo sensualmente los labios mientras
miraba el rostro arrebolado de Sophie. Notó que le tem-
blaban ligeramente las manos y que tenía un tic nervioso
en el cuello, el pulso que anunciaba lo que deseaba tan
alto y tan claro como si estuviera escrito en letras de
neón.

Lo deseaba a él.

El ciclo se había completado y, tras haberse alejado
de él, había regresado a su lado. Eso le sabía muy bien,
pero le sabría aún mejor cuando le especificara sus condiciones.

–¿De verdad? –susurró él con voz ronca. La erección
que tenía amenazaba con impedirle el movimiento.

Sophie no respondió. Leyó la satisfacción en los ojos

de Javier y experimentó una lujuria tan poderosa que borró fácilmente todas las dudas que ella pudiera tener sobre lo que estaba a punto de ocurrir.

Javier agarró las solapas de la americana y tiró de ellas para acercarla más a él.

—Había maneras menos complicadas de llamar mi atención, Soph... —murmuró—. Un simple *te deseo* habría bastado...

El hecho de que Javier no hiciera ademán alguno de besarla resultó ser un poderoso afrodisíaco. El corazón le latía tan fuerte que parecía que iba a explotarle en el pecho. Se lamió los labios y Javier siguió ese pequeño movimiento con tan intensa concentración que la sangre le hirvió a Sophie en las venas un poco más.

—Eso habría sido demasiado... —musitó ella—. Ya fue lo suficientemente duro...

Indicó la falta de ropa. Javier sonrió, recordando lo tímida que había sido ella en el pasado a pesar de que tenía un rostro y una figura espectaculares.

—¿Te refieres a ponerte esa ropa tan escasa? Vamos dentro. Hace un poco de fresco aquí.

Javier mantuvo la distancia, pero la electricidad restallaba entre ellos. No se atrevía a tocarla porque, con el más breve de los contactos, tendría que poseerla inmediatamente, rápido y duro contra la pared.

No quería eso. Quería disfrutar lentamente. Quería explorar cada centímetro de la mujer que se le había escapado hacía siete años. Solo entonces podría alejarse satisfecho.

Mientras se dirigían hacia la casa, se fijó en las señales de abandono que no había visto al llegar. Se detuvo y observó la fachada, asombrado del daño que podían hacer unos años de abandono. Sophie se detuvo también y lo miró atentamente. Ansiaba tocarlo, entrelazar los dedos con los de él como habían hecho en el pasado. Recordó que los tiempos habían cambiado desde entonces. En aquella ocasión, se trataba de algo muy diferente.

–Tienes razón –dijo él secamente dando un paso atrás mientras ella abría la puerta principal–. Esta casa se está cayendo.

–Lo sé...

Sophie miró a su alrededor y lo vio todo a través de los ojos de él. Javier estaba acostumbrado a lo mejor de lo mejor. El apartamento que le había prestado era maravilloso, como algo sacado de las páginas centrales de una revista de decoración. Aquella casa, por el contrario...

Entraron en un vestíbulo oscuro como una cueva. Javier pudo ver que había sido una casa enorme y muy elegante, pero la pintura se estaba desprendiendo y había grietas en el maravilloso techo. Con toda seguridad, aquellos no eran los únicos problemas.

–Lo siento... –dijo.

–¿El qué?

–Me dijiste que estas penurias eran más duras para ti que lo que lo habían sido para mí y seguramente tenías razón. Yo no conocía otra cosa y solo podía mejorar. Tú conociste lo mejor de lo mejor, por lo que la pérdida de todo debió de ser muy dolorosa. Sin embargo, has conseguido salir adelante...

–No me quedó elección, ¿no te parece?

De repente, Sophie se sintió muy tímida. ¿Deberían dirigirse al dormitorio? ¿Qué deberían hacer dos personas que habían decidido que iban a acostarse juntas? En realidad, más que una decisión apasionada, en la que habrían subido las escaleras abrazándose y tropezándose, parecía más bien una transacción económica. Al menos esa era la imagen que daban. La de dos personas que iban a poner punto y final a un asunto inacabado.

Se deseaban, pero a ninguno de los dos les gustaba.

–Muéstrame el resto de la casa.

—¿Por qué?

—Siempre me preguntaba cómo era. Me hablabas mucho de tu casa cuando estábamos... saliendo. En ese momento, me parecía una especie de paraíso, sobre todo comparado con el lugar en el que yo había crecido.

—Y me apuesto algo a que estás pensando que hasta las torres más altas caen —comentó ella, riendo a pesar de que se sentía como si estuviera pisando arenas movedizas. Aquel era el hombre del que se había enamorado. Un hombre que se interesaba por ella, cálido, curioso, empático... Durante un instante, el cínico desconocido desapareció.

—Eso no es cierto. Estoy pensando que debió de hacer falta mucho valor para no haberse desmoronado por la presión.

Sophie se sonrojó y comenzó a mostrarle todas las salas de la planta baja de la casa. Había muchas, aunque la mayoría ya estaban cerradas y con la calefacción desconectada para que pudieran ahorrar algo de dinero. A pesar de los esfuerzos de Oliver y ella por reparar todo lo que podían, ni siquiera la pintura era capaz de ocultar el estado real de la casa.

Cuanto más hablaba, más consciente era de que él estaba a su lado, observándolo todo. Si aquella era la idea que él tenía de juegos previos, no podría haber sido más eficaz. Sophie se sentía ardiendo.

Hablar... ¿Quién habría pensado que podría haber ayudado a cambiar el ambiente entre ellos tan completamente?

Tenía los pezones tensos, vibrantes. La presión que sentía entre las piernas le hacía desear gemir en voz alta. Podía sentirle de tal manera...

Cuando terminaron con la planta baja, Sophie miró la escalera que conducía a la planta superior. Entonces, carraspeó y se volvió a mirar a Javier.

—Los dormitorios están arriba —dijo.

Quería parecer una mujer controlada y adulta, a cargo de la situación que ella misma había creado. Sin embargo, su voz sonó débil y desesperada.

–¿Por qué estás tan nerviosa? –le preguntó él mientras extendía la mano para colocarle la chaqueta, que ella aún llevaba sobre los hombros. Después, no apartó la mano–. No es que no hayas sentido antes el tacto de mis labios sobre los tuyos...

Sophie respiró profundamente.

Había llegado hasta allí, pero acababa de darse cuenta de que no había pensado en lo que ocurría a continuación. A nivel físico, por muy aterrador y excitante que todo le resultara, su cuerpo seguramente se haría cargo de la situación. Recordó lo que había sentido cuando él la tocaba, el modo en el que todo el cuerpo le ardía presa de las llamas...

¿Acaso no sería mucho más glorioso sentir cómo él le hacía el amor?

Se sentía muy nerviosa, muy excitada ante la perspectiva de hacer el amor con él. Sin embargo, había otras cosas que debían hablar... Había llegado el momento de hacerlo y ella se preguntó si podría abrirse a él.

–Estoy... estoy nerviosa por...

–¿Acostarte conmigo? ¿Porque yo te toque por todas partes? ¿Pechos y pezones con la lengua? ¿El vientre?

A Javier le encantaba ver cómo ella pestañeaba mientras escuchaba cómo él hablaba, el modo en el que se humedecía los labios. La respiración se le había acelerado también y esos pequeños suspiros le resultaban muy excitantes porque le mostraban lo que en realidad ella estaba sintiendo. Dudaba que Sophie pudiera describir lo que estaba sintiendo porque...

Era tan tímida... Esto casi le hacía reír, porque, después de todo, ella ya era viuda y había compartido intimidad con un hombre...

–¡No estoy nerviosa por nada de eso! –exclamó ella–. En realidad, no.

–Estás tan nerviosa como una gata sobre un tejado de zinc caliente. Si eso no son nervios, entonces no sé qué es.

–Tengo que hablar contigo...

–¿Acaso te vas a echar atrás? –le preguntó él suavemente–. Porque no me gustan esa clase de juegos. Ya me dejaste colgado en una ocasión y no me gustaría pensar que estás a punto de repetir lo mismo...

Sophie se mordió el labio con nerviosismo. Abrirse a él dejaría tantas cosas al descubierto, pero no podía no hacerlo...

¿Cómo iba a poder explicarle el hecho de que seguía siendo virgen?

Una viuda virgen. No era la primera vez que quería reírse ante la ironía de todo aquello. Reír o llorar. Tal vez las dos cosas.

¿Se daría él cuenta de que era virgen? Notaría que le faltaba experiencia, pero ¿llegaría a notar hasta dónde llegaba su falta de experiencia? ¿Podría fingir?

–No voy a echarme atrás –dijo mientras comenzaba a subir las escaleras. Allí se quitó la americana y la dejó colgada sobre la balaustrada–. Si no quisiera hacerlo... –añadió con una sonrisa–, ¿acaso haría esto otro?

Javier la miró durante un largo tiempo y luego sonrió.

–No, supongo que no...

Comenzó a subir las escaleras de dos en dos hasta que llegó al lado de ella. Entonces, se pegó al cuerpo de Sophie de un modo que resultaba muy sexy... A continuación, le colocó la mano detrás de la nuca y la besó.

Con un gemido, Sophie se dejó llevar. Le desabrochó un par de botones de la camisa y le deslizó las manos por debajo del sedoso algodón. El suave gemido se transformó en un gruñido de pasión al sentir los poderosos músculos del pecho bajo las manos.

Había soñado tantas veces con aquel momento... Justo entonces, cuando le estaba tocando, comprendió cuánto tiempo había soñado con aquello, versiones diferentes de lo mismo...

Javier se apartó por fin de ella y la miró a los ojos.

–Tenemos que ir a una cama –murmuró, con la voz ebria de deseo–. Si no lo hacemos, voy a convertirme en un hombre de las cavernas, te voy a desgarrar la ropa y te voy a poseer aquí mismo en la escalera...

Sophie descubrió que aquella imagen la excitaba profundamente.

–Mi dormitorio está al final del pasillo...

Los dos echaron a andar. Había muchos dormitorios en aquel rellano, pero la mayoría de las puertas estaban cerradas, lo que llevó a pensar a Javier que no se usaban. Probablemente se encontraban en el mismo estado que las salas habían sido cerradas en la planta de abajo.

El dormitorio de Sophie era enorme.

–Tengo intención de alegrarlo un poco –comentó, nerviosa de nuevo porque los dos estaban por fin en su dormitorio. Todos sus miedos y preocupaciones volvieron a tomar forma–. Tengo algunos de esos cuadros y fotografías en las paredes desde que era una niña y ahora, por extraño que parezca, me daría pena quitarlos de las paredes y tirarlos a la basura.

Javier comenzó a recorrer el dormitorio para observarlo todo, desde los libros que había en la estantería junto a la ventana a las fotos familiares que se alineaban sobre la cómoda.

Por fin, se volvió a mirar a Sophie y empezó a desabrocharse la camisa.

Sophie se tensó y tragó saliva. Observó con fascinación cómo se abría la camisa, dejando el torso al descubierto. Cuando Javier se la quitó, la tiró al suelo y comenzó a andar lentamente hacia ella.

–Hay... hay algo que debería decirte...

Javier no se detuvo. Llegó ante ella y le acarició suavemente el cuello.

–Nada de conversación...

–¿Qué quieres decir?

–No quiero confidencias ni largas explicaciones sobre por qué estás haciendo lo que estás haciendo. Los dos sabemos la razón por la que estamos aquí –afirmó. Enganchó los dedos sobre el nudo de la camisa y lo desató lentamente–. Seguimos deseándonos... –añadió mientras le mordisqueaba suavemente la oreja.

–Sí...

Sophie prácticamente no podía ni hablar. El cuerpo le vibraba por todas partes. Las delicadas caricias de Javier le provocaban sensaciones por todo el cuerpo. Sophie se frotó los muslos el uno contra el otro y oyó que él reía suavemente, como si supiera que estaba tratando de aliviar la presión que sentía entre ellos.

Javier comenzó a empujarla suavemente hacia la cama, pero ella no se dio cuenta hasta que se chocó contra el colchón y cayó sobre la colcha. Él se inclinó sobre ella y apoyó una mano a cada lado de ella mirándola fijamente.

Aunque lo hubiera intentado, Sophie no podría haber pronunciado ni una sola palabra. Se sentía hipnotizada por la intensidad de la expresión de Javier, por el suave acento de su voz, por la penetrante negrura de sus ojos.

De algún modo, había conseguido desabrocharle el último botón de la camisa. El aire fresco fue un dulce antídoto para el calor que la estaba abrasando. Entonces, Javier se irguió y se detuvo unos segundos con los dedos descansando suavemente sobre la cremallera del pantalón.

Sophie se percató del bulto de su erección y cerró los ojos al pensar en que algo tan grande pudiera entrar en su cuerpo...

Sin embargo, él había dicho que no quería hablar... No quería hablar porque no le interesaba lo que ella pudiera tener que decir.

Como si estuviera leyendo la ansiosa dirección que tomaban sus pensamientos, Javier bajó la mano y se volvió a tumbar con ella en la cama. La colocó de costado para que los dos estuvieran frente a frente. Sin embargo, ella volvió a tumbarse de espaldas para mirar el techo.

–Mírame, Soph...

Le enmarcó el rostro con una mano para que ella se viera obligada a mirarlo. El tacto de su piel era cálido y ella quería evitar la letal seriedad de la mirada de Javier.

–Sea lo que sea lo que quieres decirme, aguántate, porque no estoy interesado –le dijo.

Le dolió decirle aquellas palabras, pero sentía que debía seguir. La situación había cambiado y, en aquellos momentos, era él quien mandaba. Sin embargo, le daba la sensación de que debería haber resultado más satisfactorio de lo que realmente era...

–Esto es algo que los dos tenemos que hacer, ¿no te parece? Si tú no hubieras regresado a mi vida, no estaríamos aquí ahora. Sin embargo, aquí estamos y... –susurró. Le deslizó la mano sobre el muslo y sintió que Sophie se echaba a temblar. Deseó que ella ya estuviera desnuda porque ardía en deseos de sentirla contra su piel, desnuda y suplicante–. Tenemos que terminar esto. Sin embargo, el hecho de terminarlo no implica compartir nuestras historias familiares. No se trata de un cortejo y resulta muy importante que lo reconozcas.

Sophie se sonrojó. Por supuesto, él estaba siendo sincero. Por supuesto, aquello tan solo tenía que ver con el sexo que deberían haber disfrutado hacía ya tantos años. Nada más. Si pudiera, Sophie se habría levantado de la cama, le habría mirado con altivez y desdén y le habría dicho que se marchara. Sin embargo, no podía oponerse a lo que su cuerpo quería y necesitaba.

–Lo sé –afirmó con voz tranquila, aunque eso no reflejaba exactamente cómo se sentía en el interior–. ¡Yo no quiero cortejo alguno! ¿De verdad crees que soy la misma chica idiota de hace siete años, Javier? ¡He madurado! La vida... me ha endurecido de muchas maneras que ni siquiera sabes.

Javier frunció el ceño. Era cierto que ella no era la misma mujer de entonces, pero el tono de su voz... la manera en la que temblaba... Todo ello parecía indicar algo muy diferente, lo que, por supuesto, era una ridiculez.

–Bien. Veo que nos entendemos...

–Una noche –murmuró ella colocándole una mano en el torso. Ella jamás había sido mujer de una noche, pero una noche con Javier merecía la pena para conseguir demoler toda su vida pasada.

Javier se sentía algo extrañado por la velocidad con la que ella había aceptado la brevedad de lo que estaban a punto de empezar, pero no quería hablar.

–Si no dejas de contenerme, no voy a poder terminar lo que hemos empezado del modo que debe terminarse.

–¿Qué es lo que quieres decir?

–Que es hora de dejar de hablar.

Javier se puso de pie y, con un fluido movimiento, comenzó a desnudarse. Ella se maravilló ante la total falta de pudor que él mostraba. La miraba atentamente mientras se quitaba los pantalones y los arrojaba contra el suelo. Se quedó tan solo con unos calzoncillos que no lograban ocultar la evidencia de su excitación. Aquello era lo que Sophie provocaba en él...

Acto seguido, llegó otro pensamiento, mucho menos bienvenido que el anterior...

¿Cuántas otras mujeres le habrían hecho sentirse así?

¿Cuántas otras mujeres habrían estado tumbadas en una cama, observándole con la misma fascinación que ella?

La diferencia era que no se había acostado con ninguna de ellas para terminar algo que habían empezado años atrás. Ni porque se viera obligado a hacerlo... La diferencia era abismal, pero estaba bien que ella se hubiera percatado porque así sería más fácil alejarse de él cuando hubieran terminado de hacer el amor.

–Me sorprende mucho que no te hayas casado... –comentó ella mientras Javier sonreía y se tumbaba a su lado.

La erección le rozaba el muslo y luego el vientre cuando Javier la colocó frente a frente con él.

Javier estaba acostumbrado a las mujeres que no podían esperar a desnudarse para mostrarle lo que tenían que ofrecerle. Resultaba erótico de un modo algo extraño estar desnudo en la cama con una mujer que aún seguía completamente vestida. Se moría de ganas por quitarle la ropa, pero, al mismo tiempo, no quería desnudarla. Anhelaba saborear la emoción de la anticipación.

Cuando hubieran hecho el amor, cuando la hubiera poseído, todo terminaría entre ellos. ¿Qué mal podía haber en retrasar ese inevitable momento? Tenían la noche entera para hacer al amor. Por la mañana, tras haber cerrado aquel capítulo para siempre, Javier se marcharía y no volvería a verla nunca. Su relación con la empresa de Sophie cambiaría y se convertiría en un acuerdo comercial más, que tendría el mismo éxito que los otros negocios de los que se había ocupado a lo largo de los años.

Aquello no sabía a venganza, al menos a la venganza que había planeado en un principio cuando Oliver entró en su despacho para pedirle ayuda. Era más bien una conclusión, una situación que él controlaba completamente. Eso le hacía sentirse bien.

–No creo que el matrimonio y yo nos lleváramos bien –dijo mientras se apoyaba sobre un codo y empezaba a desnudarla–. Un matrimonio de éxito requiere el compromiso adecuado –añadió. Le había quitado la camisa.

Sophie comenzó a quitarse los pantalones cortos y no tardó en quedarse tan solo con unas braguitas de encaje que le hacían juego con el sujetador. Tenía los senos redondos y firmes. Javier podía adivinar la oscura aureola a través del encaje.

–Compromiso que yo no tengo... –añadió–. Tus pechos me están volviendo loco, Sophie...

Se inclinó sobre ella para besar el pezón a través del encaje. Ella contuvo la respiración y se arqueó contra él.

Ni siquiera habían llegado hasta aquel punto la primera vez. Ella se había mostrado tan monjil y casta como una doncella victoriana y Javier se había contenido, domando su instinto.

No le desabrochó el sujetador. Se lo apartó de los senos y, durante unos segundos, se limitó a mirar. Los oscuros pezones parecían llamarle. Los senos eran cremosos y sedosos. Volvía a ser un adolescente de nuevo, esforzándose por no alcanzar el orgasmo prematuramente. Estuvo a punto de reír de incredulidad ante la extraordinaria reacción de su cuerpo.

Lamió un pezón y luego gozó con algo que había soñado desde siempre, meterse el pezón en la boca y chuparlo ávidamente, acariciándolo con la lengua. Le encantó ver cómo respondía Sophie debajo de él...

Sin romper aquella caricia, deslizó la mano por la espalda de ella y se la colocó en la cintura, obligando a Sophie a arquearse más contra él. Aquello le estaba volviendo completamente loco...

Tuvo que contenerse unos segundos para recuperar el aliento y recuperar toda la fuerza de voluntad. En ese instante, Sophie levantó las manos y comenzó a acariciarle el rostro, desesperada porque él volviera a reanudar lo que había interrumpido.

Sin su habitual delicadeza, Javier le arrancó el resto de la ropa. ¿Cuánto tiempo llevaba esperando aquel momento? Le parecía que una eternidad.

Ella era perfecta... Tenía la piel suave, los pechos erguidos, invitando toda clase de pícaros pensamientos y más abajo... El suave vello que le cubría la entrepierna le provocó un gruñido de indefensión...

Así se sentía una mujer... El poder que Sophie experimentó al ver cómo la miraba Javier y perdía el control era indescriptible.

Cuando se casó con Roger, ya sabía muy bien la magnitud del error que había cometido. Sin embargo, era joven e ingenua y confiaba ciegamente en sus padres cuando estos le hablaban sobre las locuras de la juventud y la naturaleza transitoria de la atracción que ella sentía por el hombre equivocado. No había estado lo suficientemente segura de sí misma como para dudar de la sabiduría de las dos personas a las que más amaba.

Pensó que seguramente el tiempo le haría ver las cosas y la ayudaría a olvidar a Javier. No era que Roger no le gustara...

Sin embargo, las cosas no salieron como ella pensaba. Ninguno de los dos había sido capaz de sentir nada. El odio no tardó en instalarse entre ellos, forjando un sendero de destrucción por encima del afecto y de la amistad.

Sophie no le excitaba, y al mismo tiempo Roger jamás ejerció en ella el efecto que Javier le producía.

De repente, era muy importante que consumaran el acto. ¿Se marcharía Javier si supiera que ella era virgen? ¿Acaso pensaba que ella era muy experimentada en la cama y esperaba que realizada toda clase de ejercicios gimnásticos?

No sabía qué hacer... Por un lado, ¿y si Javier se sentía desilusionado porque ella no hubiera cumplido sus expectativas? Por otro lado, estaba la vergüenza de tener que confesarle la verdad sobre el matrimonio que jamás debería haber celebrado...

Esto último la llevaría por caminos desconocidos. ¿Cómo iba a poder explicarle su error sin decirle la profundidad de sus sentimientos hacia él, lo profundamente enamorada que había estado?

A su vez, eso podría llevarle a pensar que Sophie podría volver a hacer lo mismo, a pesar de que él le había advertido que solo era sexo y nada más. Nada de romances, ni de cortejos ni de repetir el pasado...

—Yo nunca he hecho esto antes...

Javier tardó unos segundos en reaccionar. Se apartó de ella para mirarla fijamente.

—¿Quieres decir que nunca has tenido una aventura de una noche con un antiguo novio?

—No.

El rostro de Sophie ardía de la vergüenza. Se sentó y se cubrió con el edredón.

—Entonces, ¿qué? —le preguntó Javier. Nunca había hablado en la cama con una mujer. Lleno de frustración, se mesó el cabello con los dedos y suspiró—. ¿Necesito vestirme para hablar de esto?

—¿De qué estás hablando?

—Lo que te estoy preguntando es si esto va a ser una conversación larga llena de confidencias. ¿Me preparo una tetera y me siento para escuchar lo que se me viene encima?

—¿Por qué tienes que ser tan sarcástico? —le preguntó Sophie, dolida.

—Porque esta situación debería ser sencilla. Sophie. En el pasado hubo algo entre nosotros. Ahora no lo hay, aparte, por supuesto, de que hemos conseguido atravesar la puerta del dormitorio. Efectivamente, hace siete años ni siquiera llegamos a estar cerca. Por eso estamos aquí, para rectificar lo que no hicimos antes de separarnos. No estoy seguro de que haya mucho de qué hablar porque no se trata de una situación en la que debamos conocernos...

–Lo sé. Eso ya me lo has dicho a pesar de que no hacía falta. Sé perfectamente por qué estamos aquí y sé que no tiene nada que ver con que debamos conocernos, como si fuéramos a empezar una relación. ¡Te aseguro que yo no quiero conocerte, Javier!

Javier frunció el ceño.

–¿Qué se supone que significa eso?

–Significa que no eres la clase de hombre que me podría interesar ahora...

¿Le molestó a él aquel comentario? No. ¿Por qué iba a molestarle?

–Explícate –le pidió. Solo por curiosidad. Nada más.

–Eres arrogante, condescendiente... Crees que, porque tienes montones de dinero, puedes decir lo que quieres y hacer lo que te venga en gana. Ni siquiera puedes fingir ser educado porque no crees que lo tengas que ser...

Javier se sentía escandalizado.

–¡No puedo creer que esté escuchando esto!

Se levantó de la cama y comenzó a pasear de arriba abajo por la habitación. Sophie le observaba, atónita por lo que acababa de decir. Sin embargo, no tenía intención alguna de retirarlo. No podía dejar de mirarlo porque aquel glorioso cuerpo estaba provocando estragos en ella, incluso a pesar de la pequeña guerra que había estallado entre ellos.

–Eso es porque me apuesto algo a que nadie ha tenido nunca el valor de criticarte.

–¡Eso es ridículo! ¡Animo a mis empleados a que

sean abiertos conmigo! De hecho, aprecio las críticas positivas de todo el mundo.

–Tal vez se te olvidó decírselo, porque te comportas como si no soportaras que nadie se atreva a decirte lo que piensa.

–Tal vez... –dijo él. Se acercó a la cama y la inmovilizó contra el colchón, colocándole una mano a cada lado– tú seas la única que cree que tengo margen de mejora...

–¡Arrogante! ¿De verdad crees que eres tan perfecto?

–No he tenido quejas –ronroneó él–. En especial del sexo opuesto. Deja de discutir, Soph... y deja de hablar...

No iba a permitir que ella siguiera tratando de retrasar lo que quería decirle. Ni ella tampoco deseaba que así siguiera siendo.

Sophie lo miró a los ojos y respiró profundamente.

–No te lo vas a creer...

–Odio que la gente abra una frase con ese comentario...

–Nunca he tenido relaciones con nadie antes, Javier. Sigo siendo virgen...

Capítulo 8

NO digas tonterías... –le dijo él con incredulidad–. No puede ser.

Sophie le miró fijamente hasta que él frunció el ceño.

–Te aseguro que no tienes necesidad de acrecentar mi interés fingiendo –añadió–. Mi interés ya está lo suficientemente acrecentado. De hecho, lleva así desde el momento en el que tu hermano entró en mi despacho para pedirme dinero.

–¿Me estás diciendo que... que...?

–De repente, me di cuenta de lo que faltaba para poder dar por terminado lo que tuvimos hace siete años. Consumación.

–¿Querías que termináramos en la cama?

–Sabía que eso sería lo que ocurriría.

–¿Y por eso te ofreciste a ayudarnos? –le preguntó ella furiosa–. ¿Porque querías... consumación?

–¿Por qué te resulta tan difícil creerlo?

–Me sorprende... –dijo ella amargamente. Agarró su ropa del suelo y comenzó a vestirse sin importarle que él la estuviera observando. Deseó que él hiciera lo mismo– que no trataras de chantajearme ofreciéndome un trato...

El silencio acogió el comentario de Sophie. Ella miró fijamente a Javier durante unos instantes. Los ojos le ardían de ira, como si fueran de fuego.

–Lo pensaste, ¿verdad? –añadió lentamente.

–Esta conversación es ridícula –dijo Javier mientras se ponía los calzoncillos y se acercaba a la ventana con los brazos cruzados y expresión airada.

–¿Escogiste tú todos los muebles del apartamento? Me pregunté... Me pregunté por qué todo parecía tener un toque personal cuando tú en realidad no vivías allí. Cuando tu gusto, a juzgar por lo visto en tu despacho, no se inclina por las antigüedades... ¿Acaso pensaste que, dándome un alojamiento gratuito, en el que me viera rodeada de cosas que me hacían sentir como en casa era la mejor manera de convencerme para que me acostara contigo y para que así tú pudieras tener tu consumación?

Javier se sonrojó. Después, alzó inmediatamente la voz.

–¿Desde cuándo es un delito elegir lo que pones en una propiedad tuya?

–¡A lo de arrogante y creído, voy a añadir manipulador y taimado!

Javier era todo eso y mucho más, pero a Sophie le resultaba imposible apartar los ojos de tanta perfección masculina.

Javier seguía junto a la ventana, de espaldas a ella... Debería echarle de su casa, decirle lo que podía hacer con su ayuda y ordenarle que no volviera a aparecer por su casa. Sin embargo...

Le deseaba. Quería acostarse con él. Para ella no tenía que ver solo con la consumación, aunque fuera lo que se había dicho a sí misma porque era la explicación más aceptable para lo que sentía.

Para ella...

Estaba experimentando una serie de sentimientos confusos, que la debilitaban. Débilmente los apartó porque no quería pensar en ellos.

En ese momento, Javier se acercó a ella, medio desnudo, bronceado, con una intensa belleza que le arrebataba el aliento.

–He estado valorando lo positivo y lo negativo –murmuró–. ¿Qué hay de malo en ello?

Se había colocado delante de ella y casi podía sentir la guerra que había estallado en el interior de Sophie. ¿Debía quedarse allí o salir corriendo?

Decidió que no iba a salir corriendo a ninguna parte. Le gustara o no, lo deseaba tanto como Javier la deseaba a ella. Preocuparse por el cómo o el porqué no suponía diferencia alguna. El poder de la lujuria.

–Estoy acostumbrado a conseguir lo que deseo y te deseo a ti. Y sí. Consideré ofrecer ayuda financiera a cambio de ese glorioso cuerpo que me ha turbado demasiadas noches. Sin embargo, no lo hice.

–Arrogante...

De mala gana tuvo que admitir que, al menos, él no estaba tratando de economizar la verdad. El hecho de que él hubiera utilizado todo lo que tenía a mano para conseguir lo que quería era parte tan solo de su personalidad. No había vergüenza ni arrepentimiento en su voz.

Se encogió de hombros y sonrió.

–Dime que no te gusta...

–A nadie le gusta la arrogancia –replicó Sophie. El corazón le latía alocadamente. En el espacio de un segundo, el ambiente había cambiado de nuevo para volver a la intimidad sexual que habían estado compartiendo tan solo instantes antes. Antes de que él le dijera que era virgen.

–Yo siempre he sido arrogante, pero hace siete años no parecías quejarte tanto. ¿Por qué me has dicho que eras virgen?

–Porque es la verdad –susurró ella–. Sé que probablemente te cuesta creerlo...

–Ponme a prueba.

–Roger... él...

Sophie no estaba mintiendo ni inventándose nada

para tratar de acrecentar su interés. Estaba diciendo la verdad. Lo veía en su rostro y lo escuchaba en la incomodidad que mostraba al hablar.

–Siéntate.

–¿Cómo dices?

–Parece que estás a punto de caerte al suelo –dijo él. La apartó de la cama y la condujo hasta una silla que había junto a la ventana. Tal vez era la silla donde solía sentarse para leer un libro. Era la clase de cosa que se la imaginaba haciendo.

Lo que no podía imaginársela haciendo era casarse con un hombre para pasarse toda su vida de casada en un estado de frustrante virginidad. ¿Quién diablos podía hacer algo así?

–¿No te habías acostado con él antes de que... de que accedieras a casarte con él? –le preguntó él tras acercar a la de Sophie la única otra silla que había en la habitación.

–Él... yo...

Ni siquiera era capaz de recordar lo que había esperado de su matrimonio con Roger. Había creído a medias a sus padres cuando estos le dijeron que lo que sentía por Javier era tan solo una locura de adolescente, que había surgido al verse lejos de casa, libre por primera vez en su joven vida. Le habían asegurado que le ocurría a todo el mundo y que no tardaría en desaparecer. Ella volvería a acercarse a alguien de su propio nivel, de su propia clase social. La emoción de lo desconocido terminaría por desaparecer.

Habían resultado muy convincentes. Cuando empezaron a haber más razones para que se casara con Roger, la guerra que se había desatado dentro de ella se intensificó.

Sin embargo, ¿se había imaginado que podría tener sexo satisfactorio con el hombre con el que nunca debería haberse casado? ¿Había considerado adecuadamente lo que la vida de casada iba a ser para ella? ¿Había asumido fácilmente que olvidar a Javier sería tan sencillo como le habían dicho sus padres y que esos sentimientos pasarían a tener a Roger como su objetivo? ¡Qué idiota había sido! Idiota e ingenua.

Sabía muy bien que lo que había sentido por Javier no había sido una locura adolescente. Se había enamorado de él y Javier había estado en lo cierto cuando le había dicho que entonces, cuando estaban saliendo, su arrogancia no le había molestado tanto. Era solo un detalle más que le encantaba sobre él. Eso y su absoluta integridad, su aguda inteligencia y su sentido de la justicia.

Aún seguía enamorada de él y de todas esas cosas que deberían haberla desengañado. Se había convertido en el magnate que siempre había soñado y, por supuesto, había cambiado en el proceso. ¿Cómo no iba a ser así? Sin embargo, a pesar de esos cambios, seguía siendo el mismo hombre y seguía enamorada de él.

El simple hecho de reconocerlo la abrumaba y la asustaba a la vez. Tal vez las cosas seguían siendo igual para ella, pero no había ocurrido lo mismo con él.

Javier quería su consumación. Él no había permanecido célibe a lo largo de los años. Era un hombre poderoso y rico, que podía poseer cualquier mujer del planeta tan solo con chascar los dedos. Ella era la que había salido huyendo, y Javier estaba decidido a enmendarlo. Por eso estaba pasando aquel breve tiempo con ella.

Javier no la amaba. Los sentimientos que había sentido hacia ella en el pasado habían desaparecido con los años. Se lo había dicho muy claramente. Sin embargo, Sophie seguía enamorada de él, lo que hacía que la situación fuera muy complicada.

Mientras una parte de ella se daba cuenta de que todo

parecía muy extraño, otra parte reconocía que no había nada que pudiera hacer al respecto porque no podía controlar el torbellino de sus pensamientos.

Sin embargo, había uno que estaba surgiendo muy rápidamente. No podía dejar que él supiera cómo se sentía. Si él podía mostrarse relajado y controlado, ella debía estarlo también. No iba a permitir de ningún modo que él viera lo débil y vulnerable que se sentía.

—No hay necesidad de explicar nada —dijo Javier suavemente.

Estaba empezando a sentir todo tipo de cosas y, en lo más alto de la lista, estaba la intensa satisfacción de que iba a ser el primer hombre para ella. Jamás se había considerado esa clase de hombre primitivo que se excitaría hasta lo más profundo de su ser ante algo así, pero resultaba evidente que había subestimado esa faceta. Bajo una pátina de civilización y modernidad, seguía siendo tan salvaje como los hombres de la Prehistoria.

—¿Qué... qué quieres decir? —tartamudeó Sophie.

—Supongo que no anticipaste nunca tener un matrimonio sin sexo.

Sophie se sonrojó vivamente, pero no apartó la mano cuando él se la agarró y comenzó a juguetear con sus dedos.

—Yo... yo...

—No —le interrumpió él—. Como te he dicho, no hay necesidad de explicar porque lo comprendo.

—¿Que lo comprendes?

—Eras joven. Tú no sabías que en el mundo hay de todo y que a algunos hombres les cuesta más que a otros enfrentarse a su sexualidad.

—¿Cómo dices?

Por primera vez en su vida, Javier no sintió odio por el hombre que le arrebató a Sophie. En muchos sentidos, sintió pena por ella. Con los problemas económicos que había en su casa y un hombre que parecía ser lo que su familia necesitaba, no se había dado cuenta de que él tenía sus propios planes. Se había casado con él pensando que la vida sería normal, pero se había equivocado por completo.

Javier dejó a un lado preguntas espinosas como si había estado enamorada de él. Era una viuda virgen y estaba allí, a su lado...

Sophie no sabía qué hacer sobre la forma en que Javier había malinterpretado todo. Un hombre tan masculino como él había sacado la conclusión más sencilla. La única posible razón por la que no hubieran consumado el matrimonio era que él era físicamente incapaz. La única explicación para algo así, teniendo en cuenta lo hermosa que era Sophie, sería que a él simplemente no le atraían las mujeres.

Fin de la historia.

¿Iba a decirle la verdad al respecto? ¿Iba a relatarle la serie de acontecimientos que habían conducido a una unión sin sexo? ¿La profundidad de sentimiento que sentía hacia él, hacia Javier? ¿Iba a correr el riesgo de que Javier supiera lo locamente enamorada que había estado de él y, desgraciadamente, lo locamente enamorada que aún seguía estando?

—Roger homosexual... —dijo él—. La clave aquí es, Sophie, que no fue culpa tuya.

—¿De verdad? —le preguntó. Ella lo dudaba mucho, pero Javier asintió.

—Yo salí con una alcohólica hace un par de años —le confesó mientras la abrazaba sin que ella se resistiera—. Jamás hubieras creído que ella ingería las calorías diarias que necesitaba a través del alcohol.

Era una modelo con estilo de vida errático y tenía mucho cuidado...

—¿Sospechaste alguna vez algo?

–Los dos estábamos muy ocupados y nos reuníamos en lugares en el extranjero cuando ella estaba trabajando o cuando lo estaba yo. Solo empecé a sospechar cuando ella comenzó a tener planes más ambiciosos para nuestra... relación.

–¿Qué significa eso?

–Significa que ella decidió que reunirnos en países extranjeros no era suficiente. Quería algo más permanente.

–Pobre mujer...

–No te equivoques. Ella sabía muy bien lo que había antes de que empezáramos. No es culpa mía que olvidara las reglas.

«Ella sabía muy bien lo que había igual que lo sé yo. Es mejor que me asegure de no olvidar las reglas. Si no...», pensó Sophie.

–¿Y cómo te diste cuenta de que tenía un problema?

–Me sorprendió invitándome a cenar a su casa en Londres.

–¿Y era la primera vez que ibas?

–Como te dije, las reglas del juego no incluían acogedoras escenas domésticas.

–¿Siempre comes fuera?

Javier se encogió de hombros.

–Funciona. De la casa de una mujer, solo me interesa el dormitorio.

Sophie pensó que, en su caso, había visto mucho más que el dormitorio, aunque reconocía que las circunstancias no eran las mismas.

–Sin embargo, fui de todos modos. No tardé mucho en ver cuántas botellas de alcohol había en lugares en los que debería haber comida. Tarde aún menos en encontrar el verdadero botín porque no había razón para que ella ocultara nada dado que no compartía piso con nadie. Cuando le pedí explicaciones, trató de hacerme creer que, en cierto modo, era culpa mía que bebiera tanto porque no me comprometía con ella. Se abrazó a mí llorando mientras me decía que había empezado a beber más dado que estaba deprimida de que nuestra relación no progresara. Por supuesto, la abandoné inmediatamente y luego me puse en contacto con un experto en personas con problemas de adicción al alcohol. Sin embargo, lo que estoy tratando de decir es que hay personas que no se enfrentan a sus carencias y que aprovechan cada oportunidad que tienen para echarle la culpa a otra persona.

—Y tú crees que Roger...

—No creo nada —respondió Javier—. Es duro que un hombre encuentre el valor de enfrentarse a sus propias inclinaciones sexuales cuando esas inclinaciones pueden ponerle fuera de su zona de confort y alejarlo de las personas con las que ha crecido.

—Roger ciertamente era un cobarde —dijo Sophie amargamente.

—Sin embargo, ahora ya todo es pasado. Nosotros estamos aquí y me alegro de que te hayas sentido lo suficientemente cómoda para contármelo todo.

—Lo habrías descubierto de todos modos...

—No deberías haberte vuelto a poner la ropa. Ahora voy a tener que volver a desnudarte... No, olvídate de eso. Lo que realmente me gustaría sería que te desnudaras tú para mí, lentamente, prenda a prenda, para que pueda apreciar cada deliciosa parte de tu glorioso cuerpo...

—Yo... yo no puedo hacer eso...

—Eres muy tímida...

¿Acaso no se había desnudado nunca delante de su esposo? ¿Realmente era todo tan nuevo para ella? Javier tenía que admitir que todo aquello le excitaba mucho. Pensar que era absolutamente el primero en muchos sentidos...

Sophie se sentía tímida, pero a la vez increíblemente excitada.

Le gustaba el modo en que los ojos oscuros de Javier se deslizaban sobre ella, casi como una caricia. Le gustaba el modo en el que le hacía sentir. Nunca antes se había desnudado delante de un hombre, pero, tal y como Javier le había pedido, comenzó a hacerlo para él. Muy lentamente, sin dejar de mirarle a los ojos, se iba quitando poco a poco la ropa...

Él le hacía sentirse segura y sabía por qué. Le amaba. Sabía que Javier podía hacerle más daño que nadie, sabía que su amor jamás sería correspondido y que, después de aquella noche, solo se quedaría con los recuerdos de haber hecho el amor con él. Sabía que lo que realmente deseaba no ocurriría nunca, pero nada de ello parecía importarle. Había pensado que su corazón no volvería a latir con tanta fuerza, pero se había equivocado. El amor que sentía arrollaba el sentido común y no podía hacer nada al respecto.

Además, ¿de qué servía resistirse? Ya vivía con bastante peso sobre los hombros sin tener que añadir aún más. Si tenía una oportunidad de aferrarse a un poco de felicidad, ¿por qué no iba a hacerlo? Ya se ocuparía de las consecuencias más tarde.

Se desabrochó el sujetador, se quitó las braguitas y se acercó lentamente hacia él, contoneándose provocativamente y viendo el efecto que ella estaba ejerciendo sobre él.

Javier contenía la erección a duras penas dentro del bóxer, tratando de controlar su libido. Respiraba profundamente y trataba de pensar en cosas irrelevantes para poder contenerse lo suficiente como para hacerle justicia a la situación.

No había prisa.

—Pareces tenso —murmuró Sophie.

Se había sorprendido mucho al ver lo cómoda que estaba en su desnudez. De hecho, estaba gozando con ella. Le acarició delicadamente una mejilla con un dedo, que Javier atrapó entre los labios inmediatamente para chuparlo mientras la observaba con ardiente pasión. Todos los huesos de su cuerpo parecían estar deshaciéndose por tamaño fuego...

–Tenso no es la palabra que yo utilizaría... –susurró. La tomó entre sus brazos y, sin dejar de mirarla, le acarició la cadera primero, luego el muslo y por último entre las piernas...

Al descubrir lo húmeda que estaba ella, dejó escapar un gemido de pura satisfacción.

Sophie era incapaz de respirar. Cerró los ojos. Resultaba tan erótico que los dos estuvieran de pie, mirándose, mientras él le acariciaba el clítoris con el dedo, provocándole explosiones y fuegos artificiales dentro de su cuerpo. Sophie se movió un poco y gimió suavemente.

–Esto es solo el aperitivo –murmuró Javier antes de besarla en la boca–. Y habrá muchos diferentes para que disfrutes antes del plato principal.

–Yo también quiero darte placer...

–Ya lo estás haciendo. Confía en mí. Solo tocarte me da más placer del que serías capaz de comprender.

Con un fluido movimiento, la tomó en brazos y la llevó a la cama con la misma facilidad que si llevara una pluma. La depositó sobre el edredón delicadamente mientras Sophie lo miraba, con los ojos medio cerrados y la respiración agitada. La silueta de la impresionante erección de Javier le detuvo durante un instante los latidos del corazón.

Se dio cuenta de que, en realidad, jamás había considerado la dinámica de las relaciones sexuales... Cómo algo tan grande podría entrar dentro de ella...

–Estás más transparente que un cristal –le dijo secamente Javier–. No tienes que estar nerviosa. Voy a tener mucho cuidado...

–Lo sé...

Efectivamente. Javier podría ser implacable en las altas finanzas, pero allí, en el dormitorio, su comportamiento sería generoso. Sophie lo presentía.

Javier decidió dejarse puesto el bóxer. No quería asustarla. Estaba muy bien dotado físicamente y había visto la aprensión que se le había dibujado a ella en el rostro. Le había dicho que iba a tener cuidado y lo tendría. Se deslizaría dentro de ella y Sophie lo acogería sin sentir otra cosa que no fuera un placer total.

Se había olvidado que se suponía que aquel iba a ser un acto de venganza.

Le colocó los brazos por encima de la cabeza. Sophie se movió un poco, de manera que los pechos quedaron apuntando. Javier se inclinó sobre ella y, delicadamente, le tomó un pezón entre los labios para luego lamerlo con fruición hasta que ella comenzó a retorcerse de placer.

–No te muevas –le reprendió él–. Si no, tendré que atarte las manos por encima de la cabeza...

–No serías capaz...

Sin embargo, después de que él lo hubiera mencionado, descubrió que le parecía una idea bastante sugerente...

«Tal vez en otra ocasión», pensó. Inmediatamente, se dio cuenta de que no habría otra ocasión. Aquella sería la única. Aquello era lo único que quería, una noche de diversión para que él pudiera conseguir la consumación que sentía que se merecía.

Al imaginar que él se marchaba para siempre, sintió un profundo dolor. Cerró los ojos con fuerza para bloquear aquella desagradable imagen y poder centrarse en las sensaciones físicas que Javier le estaba haciendo sentir.

No había dejado de besarla en ningún momento. Había ido depositando delicados besos sobre la clavícula, el cuello y de nuevo de vuelta al erecto pezón.

Se estaba tomando su tiempo... Volvió a meterse el pezón en la boca para acariciarlo con la punta de la lengua con firmes movimientos circulares que hicieron que ella gimiera de placer. Cada vez que ella trataba de bajar el brazo para acariciarle el cabello, Javier se lo volvía a retirar sin interrumpir por ello su devastadora caricia.

–Ahora, probemos de otro modo –murmuró. Se incorporó y observó el rostro arrebolado de Sophie.

–No te estoy agradando... –musitó ella con preocupación. Sentía que estaba recibiendo sin dar nada a cambio.

–Calla... Como te he dicho, estás haciendo más por mí de lo nunca imaginarás posible...

Estaba haciendo más de lo que ninguna mujer había hecho antes por él. Sophie le hacía sentirse joven. Ya no era el muchacho que se había convertido en nombre y cuyo único objetivo era forjarse una estabilidad económica. Ya no era el magnate que había llegado a lo más alto y que podría tener todo lo que deseara. Volvía a ser joven, sin el cinismo que le había ido inyectando la vida.

–Móntame –le ordenó él, dándole la vuelta para que las posturas de ambos quedaran invertidas. Sophie quedó encima de él, con los pechos moviéndose como si fueran fruta madura cerca del rostro de él–. Muévete encima de mí... muévete sobre mis muslos... deja que sienta lo húmeda que estás...

Sophie obedeció. Todo resultaba tan picante y erótico... Sophie se movía contra los muslos de él, lenta y firmemente, con las piernas separadas para que pudiera sentir el inicio del orgasmo... No le importaba que él la viera desnuda, con la lujuria descaradamente dibujada sobre su rostro ni que escuchara la pesada respiración, que ella era ya incapaz de controlar.

No le importaba que él la viera en un momento más íntimo, corriéndose contra su pierna.

Estaba tan excitada que casi no podía respirar. Gimió de placer cuando él le agarró los senos y comenzó a masajeárselos, tirando de ella para poder lamérselos uno a uno mientras ella seguía dándose placer contra él.

Se quedó inmóvil como una muñeca de trapo, deteniéndose para impedir que llegar el orgasmo. Quería disfrutar al máximo. No quería llegar al clímax de aquel modo. Quería sentirlo a él dentro de su cuerpo. La aprensión que había sentido anteriormente cuando vio el impresionante tamaño de su sexualidad había desaparecido por completo.

Javier no tenía prisa. Comenzó a acariciarle la espalda y, entonces, cuando ella se irguió una vez más, la besó lentamente, saboreando cada centímetro de su boca. El cabello le caía sobre el rostro, por lo que Javier se lo apartó y se lo agarró con fuerza. Entonces, la miró presa de un silencio absoluto.

—Eres tan hermosa, Sophie...

Ella se sonrojó. No estaba acostumbrada a recibir cumplidos. Se sentía como si hubiera renunciado a su juventud y como si aquel sencillo cumplido se la hubiera devuelto durante un instante.

—Me apuesto algo a que les dices eso a todas las mujeres con las que te vas a la cama...

—¿No es así como habla una persona que está buscando más cumplidos?

Sophie pensó más bien que era así como hablaba una persona que estaba tratando de que pareciera que no la había afectado aquel cumplido cuando, en realidad, se moría de celos por amantes a las que no había visto ni conocido.

—¿No sentiste deseos de retomar en cierto modo tu vida cuando tu esposo murió? O incluso cuando estaba vivo, dadas las extraordinarias circunstancias de tu matrimonio...

Sophie sintió una ligera culpabilidad por haberle hecho creer algo que estaba muy lejos de la verdad. Sin embargo, se recordó que simplemente estaba tratando de evitar que se abriera una caja llena de truenos. ¿Qué tenía de malo una pequeña mentira piadosa? Eso no cambiaba el hecho de que ella fuera virgen.

Decidió evitar por completo el asunto de la vida que había conocido cuando estuvo casada con Roger.

—Cuando mi esposo murió —dijo acurrucándose contra él—, yo estaba tan abrumada por mis problemas económicos que apenas tenía tiempo de comer o de cepillarme los dientes, y mucho menos de lanzarme a buscar pareja.

—Supongo que debías de estar también algo escaldada con los hombres...

—Bueno, con la vida en general...

—Y con tu marido en particular —insistió Javier—. Te comprendo al cien por cien. Te mintió y te utilizó. Y, además, consiguió dejar en la ruina lo que quedaba de la empresa de tu familia.

Sophie suspiró. Puesto así, se maravillaba de que hubiera tenido la fuerza de seguir después de que su madre se marchara a Cornualles. Se maravillaba de que no hubiera tirado la toalla y hubiera huido al lugar más remoto de la Tierra para vivir en una isla desierta.

La habían educado para que fuera responsable y atenta con sus obligaciones. Sin embargo, si se paraba a pensarlo bien, aquellos dos rasgos habían sido de hecho los que la habían llevado por el camino equivocado. A la edad de diecinueve años, había sido lo suficientemente responsable como para obedecer a todo lo que los demás parecían querer de ella.

—No hablemos de eso —dijo ella con voz ronca. Sentía

que las lágrimas de autocompasión no estaban muy lejos. ¡Qué fantástico inicio sería ese para su maravillosa noche, con la nariz llena de mocos, los ojos enrojecidos e hinchados y lloriqueando como una niña delante de él!

A Javier le enfurecía que ella aún no fuera capaz de quitarle crédito y respeto al hombre que tanto se lo merecía. Sin embargo, ¿con quién estaba ella en aquellos momentos? Con él. Iba a darle tanto placer que, para cuando se marchara, él sería el único hombre en el que pudiera pensar. Nadie olvidaba nunca a su primer amante.

—Tienes razón... —murmuró, cambiando de postura hábilmente para volver a colocarse de nuevo encima de ella—. Siempre me ha parecido bastante superfluo hablar entre las sábanas...

Sophie dio las gracias a las estrellas del cielo por haber dejado de hablar antes de empezar a aburrirle de verdad. Si no le gustaba que las mujeres hablaran en la cama, entonces se echó a temblar al pensar lo que Javier podría sentir si comenzaba a lloriquear como un bebé...

Javier comenzó a besarla. En aquella ocasión, empezó por los labios y se tomó su tiempo. Entonces, pasó a los suculentos senos y comenzó a mordisquearlos, a chuparlos y a lamerlos. Tenía la piel tan suave como la seda, aterciopelada y cálida. Cuando comenzó a lamerle el vientre, los costados y empezó a bajar hacia el ombligo, ella gimió de febril impaciencia.

Le agarró inmediatamente el cabello.

—¡Javier! —exclamó. Sophie lo miró a los ojos. Se había sonrojado vivamente—. ¿Qué es lo que estás haciendo?

—Confía en mí —murmuró él suavemente—. Te voy a llevar al paraíso...

Le separó delicadamente los muslos y la empujó de nuevo sobre la cama. Sophie contuvo el aliento. Los delicados movimientos de la lengua de Javier mientras le exploraba lo más íntimo de su ser resultaban increíblemente eróticos.

Comenzó a moverse contra los labios de él, ondulando las caderas y gimiendo con tanta fuerza que fue una bendición que la casa estuviera vacía. Se arqueó, levantándose hacia él y gritando de placer cuando sintió que él le introducía dos dedos. Las sensaciones se apoderaron de ella tan rápido como el relámpago.

–Voy a...

No llegó a pronunciar las palabras. Un potente orgasmo se apoderó de ella. Sophie se agarró a las sábanas, tensándose mientras él la llevaba cada vez más arriba, más de lo que nunca hubiera creído posible, antes de devolverla suavemente de nuevo al planeta Tierra.

Sophie se incorporó un poco con la intención de disculparse por haber sido tan egoísta, pero Javier ya se había levantado de la cama y estaba buscando algo en los pantalones.

Cuando empezó a ponerse el preservativo, Sophie comprendió lo que estaba haciendo. Lo último que él quería era un embarazo.

Casi no tuvo tiempo de impedir la curiosidad que, de repente, se apoderó de ella. ¿Cómo sería un bebé creado por ambos?

–Túmbate de nuevo –le dijo él con una sonrisa–. La diversión tan solo acaba de empezar...

Capítulo 9

SOPHIE tembló de anticipación, pero, en aquella ocasión, fue ella la que decidió tomarse las cosas con calma. Él le había dado placer de la manera más íntima y maravillosa y ahora le tocaba a ella corresponder.

Se arrodilló y, suavemente, lo empujó para que él se tumbara. La expresión inicial de sorpresa rápidamente dio paso a una de picardía al comprender que ella quería disfrutar de la oportunidad de tomar las riendas en vez de dejárselo todo a él.

–Nada de tocar –le dijo ella con voz ronca.

–Eso va a ser imposible.

–Pues vas a tener que colocarte las manos detrás de la cabeza. Después de todo, es lo mismo que me pediste a mí que hiciera.

–En ese caso... de acuerdo. Será mejor que obedezca, ¿no?

Javier se tumbó y colocó los brazos detrás de la cabeza. Podría haber observado aquel glorioso cuerpo durante toda la eternidad. La delicada cintura, los rotundos pechos, la perfecta definición de los pezones, las pecas que le cubrían el escote, el minúsculo lunar en el pecho izquierdo...

Nunca antes se había sentido tan vivo cuando estaba haciendo el amor. De algún modo, parecía estar funcionando a otro nivel, donde cada sensación se veía acrecentada hasta un límite casi insoportable.

¿Sería la razón que por fin estaba haciendo el amor con la única mujer que se le había escapado? ¿Era eso lo que se sentía cuando se cerraba por fin un capítulo?

¿Se habría sentido así si la hubiera poseído la primera vez? No. De eso estaba seguro. Por muy loco que hubiera estado por ella, sabía mucho más sobre sí mismo en aquellos momentos de lo que sabía entonces. Sabía que no estaba hecho para el compromiso ni la permanencia. Si se hubieran acostado juntos, si las circunstancias no hubieran interrumpido su relación, a pesar de eso no habría durado tampoco. Tanto si a Javier le gustaba como si no, tan solo estaba centrado en una cosa: la adquisición de riqueza suficiente para darle poder, para procurarle la seguridad financiera que jamás había tenido en su infancia.

No sentía deseos de tener una familia ni hijos. Además, jamás había habido ninguna mujer en su vida que le hiciera dudar. Suponía que, si se casara, sería un matrimonio de conveniencia. Esto podría ocurrir muchos años después con una mujer adecuada que se convirtiera en una compañera adecuada con la que jubilarse. Una mujer que tuviera su propia fortuna, que disfrutara las mismas cosas que él y que no le exigiera nada. Buscaría una relación armónica.

En los últimos años de su vida, algo así sería aceptable. Hasta entonces, seguiría con su interminable fila de mujeres, todas hermosas, todas divertidas, todas dispuestas a agradarle y que se contentaran fácilmente con joyas y regalos si él decidía terminar con ellas.

En una vida dirigida por la ambición, resultaba tranquilizador tener una vida privada en la que no hubiera sorpresas.

Excepto en aquellos momentos. Sophie era la excepción a la regla. Una excepción necesaria. Y estaba disfrutando cada minuto de ella.

Sophie se sentó a horcajadas sobre él. Entonces, se inclinó sobre él para poder tentarle los labios con los senos. Javier pudo lamer, pero solo un instante. También chupar, pero solo un segundo. No se le permitió tocar.

Sophie le hizo lo que él le había hecho a ella. exploró su torso con la boca. Besó los poderosos músculos de los hombros y luego rodeó los pezones con la lengua, lamiéndolos con movimientos tan delicados como los de un gato.

Ella sentía la potente erección contra su cuerpo. Entonces, se deslizó hacia abajo y agarró la potente masculinidad con la mano. Apretó firmemente y, de algún modo, supo lo que había que hacer, cómo sacarle a Javier gemidos de placer, cómo acelerarle la respiración hasta que cada aliento se viera acompañado por un temblor.

Instinto.

O algo más. Amor. Un amor nacido años atrás y que se había olvidado de que debía morir. Como una hierba del campo, había sobrevivido a las peores condiciones posibles y había seguido creciendo. Contra todo pronóstico. Le esperaban condiciones aún peores, pero antes de que se las encontrara, disfrutaría de aquella noche al máximo.

Se irguió, con los ojos oscuros por el deseo y una media sonrisa en los labios. Tal vez le faltara experiencia, pero en lo que se refería al poder del deseo, no era la única que estaba en su poder. No era la única que había perdido el control. Eso equilibraba la balanza.

Poseída por un desenfreno que jamás hubiera creído posible, se colocó a horcajadas encima de él para que Javier pudiera respirar el aroma de su sexo. Entonces, se posicionó encima de él para que pudiera explorarle entre las piernas con la lengua.

Contuvo la respiración cuando él entró el clítoris y comenzó a estimularlo con la punta de la lengua. Javier seguía sin tocarla, con las manos aún debajo de la cabeza. Ella tenía los puños apretados a los lados, pero el calor que reinaba entre ellos era indescriptible.

Sophie le permitió que la saboreara hasta que ya no lo pudo soportar, hasta que tenía la respiración tan errática que casi se ahogaba. Podría seguir moviéndose contra la boca de Javier, pero no quería volver a alcanzar el orgasmo. No así...

Se deslizó de nuevo por encima de Javier hasta que fue ella la que comenzó a saborearle a él. La firmeza de la erección la fascinaba. Se la metió en la boca y lamió la punta, jugueteando con ella entre las manos, saboreándola y gozando con su sabor.

—Está bien –dijo Javier incorporándose sobre los codos y agarrándole el cabello con una mano–. Ya basta. Mi tensión sanguínea no puede soportarlo más.

Sophie lo miró.

—Eres una bruja –añadió él–. Ven aquí y bésame...

Su beso fue una mezcla de los aromas de ambos. Sophie se perdió en él. Quería abrazarse a él y no dejarlo nunca escapar. Quería aferrarse a él, exigirle, hacer todas esas cosas que harían que él saliera huyendo sin mirar atrás.

Quería mostrarse abierta y sincera, decirle cómo se sentía, declararle su amor. El hecho de no ser capaz de hacerlo le suponía un peso imposible sobre los hombros.

—¿Sigues estando nerviosa?

—Un poco –admitió ella.

Podría haber admitido mucho más. Podría haber admitido que lo que realmente le ponía nerviosa era la perspectiva de lo que pudiera ocurrir cuando aquella gloriosa noche terminara y los dos regresaran a sus pequeños mundos.

Desgraciadamente, no creía que a Javier le gustara escucharlo.

—No lo estés —murmuró él—. Confía en mí.

Javier realizó movimientos tentativos con la punta de su erección, sintió la humedad y, suavemente, se abrió camino.

Ella era muy estrecha. ¿Habría adivinado él que Sophie nunca había hecho el amor antes? Probablemente. Dicho lo cual, se alegraba de ser su primer amante.

Fueran cuales fueran los sentimientos que aún tenía por el imbécil que se había casado con ella, él sería el hombre al que recordaría durante el resto de su vida y no a su marido. Cuando estuviera en la cama, él ya no ocuparía sus pensamientos. No. Sería Javier el que ocupara sus recuerdos.

Sophie respiró y se tensó, pero estaba tan excitada que la tensión se evaporó rápidamente. No quería que él la tratara como una figura de porcelana que podría hacerse mil pedazos si era demasiado brusco con ella.

Quería que se hundiera en ella profundamente. Quería su urgencia y su deseo.

—Muévete más rápido...

Fue la única invitación que Javier necesitó. Estaba muy excitado. Aquel ejercicio de contención le había parecido una hazaña sobrehumana porque le volvía loco que Sophie le tocara.

Comenzó a moverse con habilidad y destreza. Sintió que ella encogía un poco cuando la penetraba más profundamente y luego, poco a poco, se relajó. Los cuerpos de ambos no tardaron en moverse al unísono, en armonía, tan dulcemente como los acordes de una canción.

Javier se negaba a alcanzar el orgasmo antes que ella. Esperó hasta que ella acrecentó el ritmo y sintió que ya estaba cerca. Sophie levantó las piernas y le rodeó la cintura con ellas dispuesta a recibirle más plenamente.

Ella alcanzó el clímax por fin, ascendiendo a un mundo diferente en el que no existía nada más que su cuerpo y sus poderosas respuestas. Fue consciente de que Javier se arqueó y que su cuerpo se tensaba también para alcanzar el orgasmo.

Sophie jamás se había sentido más cerca de nadie en toda su vida y no era solo por el sexo. De algún modo, en lo más profundo de su ser, supo que era por lo que sentía. No podía separar sus emociones de sus respuestas. Las dos estaban completamente entrelazadas.

No se imaginaba sintiendo algo parecido por nadie más, nunca. Y eso la aterrorizaba porque, cuando todo aquello terminara, no le quedaría más opción que recoger los trozos de su corazón y seguir con su vida. Tendría que olvidarse de él y encontrarse una pareja porque no podía imaginarse pasando el resto de su vida sola.

Estaba tumbada entre sus brazos. Los dos miraban hacia el techo. La respiración de él era pesada, pero, de repente, la movió y la puso de costado para que los dos estuvieran frente a frente, con sus cuerpos apretados el uno contra el otro.

De algún modo, se había deshecho del preservativo. Era un hombre muy bien dotado e incluso aunque la erección ya no era tan potente, el tamaño de su miembro seguía siendo considerable. El deseo volvió a despertarse dentro de ella a pesar de que se sentía un poco dolorida y tan cansada como si hubiera corrido un maratón.

Se preguntó qué iría a pasar a continuación. No podía levantarse de la cama, vestirse y marcharse porque era su casa. Eso significaba que tenía que esperar a ver qué hacía él, lo que le hacía sentirse un poco incómoda. No quería que él se pensara que estaba esperando una repetición.

Tenía miedo de seguir compartiendo aquella intimidad, porque no quería que él adivinara la profundidad de sus sentimientos hacia él.

Quería mantener su dignidad, En aquellos momentos, él poseía una parte de la empresa familiar. Podría ser que él

decidiera ponerse en un segundo plano dado que ya habían hecho el amor y había conseguido la consumación
que tanto deseaba. Podría ser que él desapareciera y que
nunca más volviera a verlo. Fuera como fuera, no quería
que él supiera lo que ella sentía. Si volvía a encontrarse
con él, quería que él pensara que se mostraba tan dis-
tante de toda la experiencia como él. Quería poder hablar con él teniendo la cabeza alta y, preferiblemente,
con un hombre del brazo.

–Bien...

–Sí... Ha estado muy agradable...

Javier se echó a reír.

–¡Te aseguro que es la primera vez que una mujer me
dice después que el sexo ha sido muy agradable!

Sophie no quería pensar en las mujeres con las que se
había acostado ni en las posibles conversaciones que habían tenido después de hacer el amor.

–No tienes que decirme nada de eso...

–¿No?

–Ya me he hecho una idea de la clase de mujeres que
tú... con las que tú sales y supongo que te habrán dicho
que eras genial y te habrán ofrecido todo lo que tú querías...

–¿Y no te pareció que yo estuve genial?

Sophie se sonrojó.

–¿Es un sí? –añadió él mientras le mordisqueaba suavemente el cuello y, con gesto ausente, le colocaba una
mano entre las piernas.

–¿Qué va a pasar con la sesión fotográfica?

–No quiero hablar de eso ahora. No quiero hablar de
lo maravilloso que me encontraste entre las sábanas.

Sophie no quería echarse a reír, pero no podía contenerse. Su arrogancia resultaba tan divertida...

–Me alegro de que hayamos hecho el amor –le dijo
ella–. Yo...

–No vayas por ese camino, Soph...

Se tumbó de espaldas mirando al techo porque aquello era precisamente lo que no quería. Excusas o explicaciones sobre lo ocurrido siete años atrás. Ella ya le había dicho más que suficiente. Javier sabía suficiente. No estaba interesado en escuchar nada más.

–¿Que no vaya por qué camino?

–Este no es el momento en el compartimos las historias de nuestra vida –dijo mientras la tomaba entre sus brazos.

Después del sexo, por muy bueno que este hubiera sido, su instinto siempre había sido de marcharse de la cama tan rápido como fuera posible, ducharse y marcharse. Nunca se había quedado entre las sábanas, hablando sobre el futuro, un futuro que no iba a ocurrir.

Sin embargo, con Sophie sí quería quedarse entre las sábanas. Pero no hablar. No quería que ella empezara a hablar del pasado y le obligara a enfrentarse con la terrible verdad de que, a pesar de seguir siendo virgen, ella le había abandonado por otro hombre, un hombre al que probablemente seguía amando, aunque nunca había sido su esposo en el sentido pleno de la palabra.

–No –afirmó ella–. Simplemente iba a decir que probablemente sería buena idea si te marcharas ahora a casa. Desgraciadamente, la habitación de invitados no está en muy buena situación. Me temo que no tengo sábanas de hilo ni esponjosas toallas.

Ella hizo ademán de levantarse, pero Javier tiró de ella. No estaba dispuesto a dejarla marchar aún. No se había saciado de ella. Sorprendente, pero cierto. No quería darle tiempo para pensarse las cosas. La quería cálida, suave, dócil... tal y como estaba en aquellos momentos.

–No estoy seguro de que me pueda enfrentar a la historia de terror que supone volver a Londres en coche

—murmuró él curvando el cuerpo contra el de ella y empujándole el muslo entre las piernas.

—Hay hoteles —repuso ella, sin poder evitar que el corazón le diera un salto en el pecho. No quería que él se marchara. Resultaba agotador fingir que no le importaba—. Esto debe de ser como el fin del mundo para ti comparado con Londres. Sin embargo, tenemos buenos hoteles por aquí. Todos tienen todas las comodidades posibles, como sábanas limpias, ventanas que se abren y sin olor a humedad por haber estado cerrados mucho tiempo.

Javier se echó a reír. Se había olvidado de lo divertida que ella era.

—Lo del hotel me pilla un poco lejos —murmuró él—. Eso supondría levantarme, vestirme... ¿Y si luego resulta que están todos llenos?

—¿Qué es lo que estás diciendo?

—Que me podría ahorrar el follón y pasar la noche aquí...

—Algunos de los dormitorios... Bueno, supongo que podría acondicionar el que está al final del pasillo. Resulta increíble pensar lo rápido que se han estropeado las cosas aquí. Es como si todo hubiera estado sujeto con cinta adhesiva y un día, tras tirar de un lado, toda la cinta se despegó y todo empezó a estropearse, como si fuera un castillo de naipes. Me alegro de que mi padre no siga con vida y que me mi madre esté en Cornualles para que no puedan ver la casa como está. Lo siento... —susurró ella tras mirarlo muy seriamente—, se me había olvidado que no te gusta conversar entre las sábanas.

—Eso no fue lo que dije —mintió, a pesar de que ella había dado en el clavo—. ¿Cómo puede ser que tu madre no sepa lo que está ocurriendo aquí? ¿Con cuánta frecuencia vas a Cornualles a visitarla? Además, ella debe de venir alguna vez de visita....

—¿De verdad te interesa? No tienes que preguntarme solo porque te vas a quedar unas horas más...

—¿Significa eso que me vas a dejar quedarme?

—A mí me da igual...

—Bien, porque me gustaría echarle un vistazo a la casa por la mañana. Ver el verdadero estado en el que se encuentra a la luz del día.

—¿Por qué?

—Curiosidad. Me estabas explicando el misterio de por qué tu madre no sabe la situación que hay aquí.

—¿Te gustaría comer o beber algo?

—Estoy bien aquí...

Para Sophie, estar charlando de aquellos temas en la cama resultaba algo íntimo. No quería dejarse llevar por toda clase de sentimientos prometedores e inapropiados y pensar que aquello era más de lo que realmente era.

—Bueno, pues yo estoy muerta de hambre –afirmó. Se desembarazó de él y se dirigió directamente al cuarto de baño para darse una ducha.

Javier frunció al verla marchar. ¿Desde cuándo las mujeres rechazaban invitaciones para quedarse en la cama con él hablando? En realidad, ¿desde cuándo invitaba él a las mujeres a que se quedaran en la cama para hablar?

Se levantó de la cama y se dirigió también al cuarto de baño. Le sorprendió que las habitaciones no tuvieran todo el cuarto de baño dentro, pero luego se dio cuenta de que la casa era anterior en el tiempo a tales lujos.

Abrió la puerta para darse un festín con la mirada. Sophie se estaba inclinando en aquellos momentos sobre la bañera para probar el agua. Sin poderse resistir, se colocó justo detrás de ella y le agarró los dos senos con las manos.

—No me he podido resistir –murmuró.

Sophie se incorporó y se apoyó contra él. Javier comenzó a acariciarle los senos y se inclinó para mordisquearle y besarle el cuello. Con un suspiro, Sophie cerró los ojos y cubrió con las manos las de él.

—¿Qué estás haciendo? —le preguntó con voz ronca.

—¿Acaso hay alguna duda?

—Me iba a dar un baño... y luego iba a preparar algo para cenar.

—Todo lo que deseo está aquí mismo...

Sophie gimió suavemente. Respiró profundamente al notar que una de las manos de Javier comenzaba a bajar por el costado, acariciándolo suavemente.

—Separa las piernas —le ordenó él. Sophie obedeció tan mansa como un gatito.

Sabía lo que él iba a hacer, pero gimió sorprendida cuando él encontró el henchido clítoris con un dedo. Javier lo frotaba hábilmente, aplicando la presión justa. Sus dedos eran tan hábiles... Sophie echó las manos hacia atrás para encontrar la erección de él. Desgraciadamente, el ángulo era algo incómodo y ella no podía hacer ni la mitad de lo que le habría gustado.

Tampoco tuvo tiempo.

El ritmo que él imprimía a sus caricias fue haciéndose más rápido. Los dedos provocaban en ella un millón de sensaciones que se le extendían por todo el cuerpo hasta que ella se vio presa de los temblores de un orgasmo. Comenzó a cabalgarle sobre la mano, incapaz de contener los gemidos de placer que expresaban su satisfacción física.

Se dio la vuelta y comenzó a besarle apasionadamente. Entonces, se arrodilló delante de él y acogió su potente masculinidad en la boca. Sabía deliciosamente. Comenzó a moverse, a estimularle. Javier le agarró el cabello con las manos y fue perdiendo poco a poco el control. Los hábiles dedos de Sophie agarraban la erección al mismo tiempo, moviéndose y masajeando, imponiendo su propio ritmo.

Javier nunca se había sentido tan fuera de control en toda su vida. Ella le excitaba de un modo que ninguna otra mujer había conseguido nunca. Era tan incapaz de controlar sus orgasmos como de impedir que el sol saliera o se pusiera en el horizonte.

Completamente agotado, la ayudó a ponerse de pie y, durante unos instantes, sus cuerpos se entrelazaron en un hermoso abrazo, el culmen de la satisfacción física que los dos acababan de experimentar.

–Tal vez tenga que compartir esa bañera contigo –murmuró él tras besarla suavemente en los labios.

Sophie sonrió.

Podría ser que aquellos detalles fueran la clase de cosas que él daba por sentadas y que no significaban nada para él. Sin embargo, Sophie tenía miedo de dar un paso más... de perderse en una relación que no iba a llegar a ninguna parte.

No obstante, ¿qué podía haber de malo en darse un baño con él?

–De acuerdo.

–Luego me puedes cocinar algo para cenar –le dijo. Era la primera vez que le decía algo así a una mujer.

–No esperes comida digna de un restaurante *cordon bleu*.

–Unas tostadas estarán más que bien.

Sophie se metió en el agua. Javier hizo lo mismo y se sentó frente a ella.

–¿De verdad?

–Sí. Y luego espero que me hables de tu madre y me cuentes cómo has podido ocultarle esta situación.

Javier comenzó a acariciarle la pantorrilla. Las sensaciones volvieron a apoderarse de ella. parecía que le resultaba imposible saciarse de él. Le maravillaba la capacidad de reacción de su cuerpo para pasar de saciado y satisfecho a deseoso y necesitado de sus caricias.

–Después, podemos hablar de esta casa, que efectivamente parece estar a punto de desmoronarse. Sin embargo, antes de todo eso, date la vuelta para que pueda empezar a enjabonarte...

Sophie miró el periódico, que estaba extendido sobre la mesa de la cocina justo delante de ella.

Había resultado tan fácil acostumbrarse a tenerlo en casa... Le había parecido de lo más natural. Trabajar en Londres, verlo en la oficina y luego, cuando estaban solos, esos momentos maravillosos en los que podían hablar, reír, hacer el amor...

La empresa había conseguido remontar bastante en el breve espacio de solo unos meses. Gracias a la reputación de Javier habían conseguido recuperar muchos clientes. A los clientes que regresaban con ellos se les trataba de una manera especial para asegurar su lealtad. Con los beneficios, llegó también el dinero que pudieron empezar a gastar en la casa. Oliver también aprovechó la mejora para abandonar su trabajo en la empresa y regresar a los Estados Unidos para convertirse en profesor de Educación Física de uno de los mejores colegios privados. Todo parecía ir encajando en su lugar y, por supuesto, Sophie se había confiado.

¿Quién no lo habría hecho? En secreto, había empezado a imaginar un futuro para ellos. La aventura de una noche se había convertido en una relación que duraba ya casi cuatro meses. Incluso Sophie había dado por sentado que pasarían las Navidades juntos. La esperanza, ese sentimiento tan peligroso, había comenzado a echar raíces. Amar a Javier la había convertido en un ser vulnerable. Había empezado a tener pensamientos alocados sobre si ellos podrían tener una relación de verdad, sobre si Javier podría intentarlo y podría llegar a pensar incluso en el compromiso...

Era culpa suya por no haber escuchado los dictados del sentido común. Y aquello era lo que había conseguido.

Miró la fotografía que ocupaba gran parte de una página del tabloide que había comprado aquella mañana guiada por un impulso. Ella no compraba periódicos, sino que leía las noticias en una *app* de su teléfono móvil.

La fotografía se había tomado en la inauguración de una galería de Londres. Ni siquiera sabía que Javier había sido invitado. Ella llevaba dos semanas en Yorkshire, ocupándose de la oficina local, por lo que lo había visto con menos frecuencia. Iba a llegar a los pocos minutos. Sophie había estado cocinando en la nueva cocina, que habían renovado recientemente y que se encontraba en perfecto estado de revista.

Dobló el periódico justo cuando sonó el timbre de la puerta. Cerró los ojos y respiró profundamente para tratar de tranquilizarse.

—¿Te he dicho lo mucho que te he echado de menos? —le dijo él en cuanto ella abrió. Cerró el espacio que los separaba con un fluido movimiento y la tomó entre sus brazos.

Así había sido. Habían pasado tres días separados y Javier se había ido cada noche a la cama con una potente erección, la misma con la que se había levantado. Ni siquiera las picantes llamadas telefónicas de por las noches le ayudaban a aliviarse. Solo lo conseguía dándose placer a sí mismo.

La besó apasionadamente, tanto que Sophie se olvidó de la fotografía. Desgraciadamente aquella velada iba a ser diferente a las anteriores por aquella imagen. No habría charla, comida y sexo.

Sin embargo, Javier siguió besándola y la empujó hasta la pared, como si no ocurriera nada. Sophie había dejado de llevar sujetador en la casa. Le gustaba que él pudiera tocarla cuando quisiera sin tener que quitárselo. Aquella tarde tampoco lo llevaba. Echó la cabeza hacia atrás cuando él le levantó la camiseta para tocarla.

–Quiero poseerte aquí mismo –le confesó entre susurros–. Ni siquiera creo que pueda llegar al dormitorio. Ni a cualquier otra habitación...

–No seas tonto...

Necesitaba hablar con él. Sabía que no iba a ser una conversación cómoda, pero, de repente, pasó a un segundo plano cuando Javier le desabrochó el botón de los pantalones y le bajó la cremallera. Ella le colocó las manos sobre los hombros y dejó de pensar. Aún tenía la camiseta subida, por lo que el aire fresco de la noche le refrescaba los pezones. Quería que él se los lamiera, pero, como él, ansiaba unirse físicamente a él.

Le ayudó a bajarse los pantalones. Como ella estaba tomando la píldora, ya no tenían que preocuparse de ponerse preservativo. Mientras Sophie terminaba de quitarse los suyos, Javier hacía lo mismo con los que él llevaba puestos. Al ver que él se arrodillaba ante ella, apretó los puños y separó las piernas para acomodarle entre ellas. Cuando vio cómo la cabeza de él se movía entre las piernas, se sintió terriblemente excitada.

–¡Te quiero dentro de mí ahora mismo!

Oyó que Javier se echaba a reír. Entonces, se puso de pie y la levantó a ella del suelo. Sophie le rodeó con las piernas y se aferró a él mientras Javier empezaba a moverse dentro de ella. Él le sujetaba el trasero con las manos mientras que los pechos se le movían alocadamente.

Fue una experiencia tórrida, apasionada, terrenal. Durante un rato, Sophie se sintió transportada a otro lu-

gar, a otra dimensión, un sitio en el que las conversaciones complicadas con consecuencias desconocidas no
tienen lugar.

Sin embargo, cuando terminaron, mientras se vestía,
su mente regresó a lo que había estado mascullando
justo antes de que él llegara. Se sentía horrorizada de
que hubiera podido olvidar todas sus preocupaciones en
el instante en el que él la había tocado.

Eso era precisamente la esencia del problema. Cuando
Javier la tocaba se convertía en masilla entre sus dedos.
Le resultaba imposible decirle que no, lo que significaba
que aquella relación seguiría hasta que él se cansara de
ella y la dejara para seguir con su vida. Cuando ese momento llegara, ¿dónde quedaría la dignidad de Sophie?

Había tenido cuidado de no revelarle sus sentimientos, pero sufriría mucho cuando él decidiera que todo se
había terminado. En ese instante, Javier se daría cuenta de
lo que sentía por él. De hecho, que estuviera a punto
de decirle lo de la fotografía lo decía. Sin embargo, no le
importaba. Tenía que saber qué terreno pisaba.

–Hay algo que quiero mostrarte –le dijo–. En realidad, se trata de algo que quiero preguntarte –añadió con
un suspiro–. Javier, tenemos que hablar...

Capítulo 10

SOBRE qué? –le preguntó él mientras terminaba de vestirse. Sophie lo miraba desde la puerta, con los brazos cruzados–. No hay nada que pueda terminar más rápidamente con un buen ambiente que una charla.

–¿Acaso hablas por experiencia propia? –le preguntó Sophie fríamente–. Por supuesto que sí. Supongo que algunas de esas mujeres con las que saliste quisieron que les dieras algo más que sexo.

–¿Es sobre eso de lo que quieres hablar? –replicó Javier mientras se acercaba a ella y le agarraba del brazo–. ¿Acaso quieres más?

De repente, Javier cayó en la cuenta de que llevaba viéndola varios meses, prácticamente a diario y no se había cansado de ella. Inmediatamente sintió que sus defensas se colocaban en posición.

–No soy idiota –mintió Sophie valientemente–. Tendría que ser completamente estúpida para querer más de un hombre como tú.

Con eso, se zafó de él y lo miró con desaprobación. El corazón le latía tan fuerza que le parecía que iba a explotar. Le habría gustado borrar la conversación anterior, fingir que no había nada de qué hablar porque no había visto ninguna foto suya en una galería de arte con una modelo colgada del brazo.

–No eres capaz de darle a nadie nada más que sexo –le espetó. Con eso, se marchó hacia la cocina para encontrar la fotografía que pensaba presentarle como prueba de lo que estaba diciendo.

–Pues hace cinco minutos no te quejabas...

Sophie pensó que aquello había sido un golpe bajo, pero sabía que él tenía razón. No se había quejado. De hecho, en algún momento recordaba haberle pedido más.

–No quiero nada más de ti, Javier –le espetó. Entonces, agarró el periódico y, con manos temblorosas, lo abrió en la página correspondiente. Se lo mostró y se puso al otro lado de la mesa con los brazos cruzados–. Sin embargo, lo que quiero es saber si has estado con otras mujeres a mis espaldas mientras estábamos juntos.

Javier miró la fotografía. Se acordaba de cuándo había sido tomada. En otra aburrida inauguración de una galería de arte. Como siempre ocurría en aquella clase de fiestas, había mujeres hermosas buscando a hombres con dinero. Él se había convertido en un objetivo desde que entró por la puerta. Se había deshecho de ellas como si fueran moscas, pero al final de la velada estaba tan cansado que prácticamente se había rendido. Ese había sido el momento en el que el fotógrafo realizó aquella toma tan comprometedora...

Podía entender por qué Sophie tenía preguntas que hacerle, aunque si siquiera se acordaba del nombre de aquella mujer. Tan solo que era modelo y que se le agarró del brazo como si fuera una lapa... Recordaba que, justo en ese momento, también estaba hablando con un hombre, que había desaparecido misteriosamente de la foto...

Sin embargo, no pensaba justificarse. ¿Por qué iba a hacerlo? Miró el rostro enojado y dolido de Sophie e ignoró algo que se retorcía en su interior.

–¿Me estás pidiendo cuentas de mis actos cuando no estoy contigo?

—No creo que estuviera mal por mi parte.

—Jamás he sentido necesidad alguna de justificar mi comportamiento con nadie. Nunca.

—¡Pues tal vez deberías! Porque, cuando te estás acostando con alguien, en realidad, estás viajando por una calle de doble sentido, te guste o no.

—¿Qué significa eso?

—Que no es todo sobre lo tuyo y sobre lo que tú quieras.

—Y tal vez así será algún día, cuando decida que deseo algo más que una situación pasajera con una mujer.

Sophie se encogió como si hubiera recibido un golpe físico. De repente, la ira desapareció y empezó a sentirse vacía y muy triste. Por supuesto que lo haría algún día. Daría cuentas de su comportamiento cuando encontrara a la mujer adecuada. Mientras tanto, se estaba divirtiendo. Nada más. No se sentía atado a ella más de lo que se había sentido con ninguna otra mujer en el pasado

—¿Te acostaste con esa mujer? –le preguntó sin poder contenerse.

—No te voy a responder esa pregunta, Sophie...

Javier se sentía furioso de que ella se hubiera atrevido a cuestionar su integridad. ¿Acaso pensaba que era la clase de hombre que no podía controlar su libido y que disfrutaba del sexo siempre que podía?

También se sentía enojado consigo mismo por haber llegado hasta aquel punto, en el que ella sentía que tenía derecho a pedirle cuentas. Había sido perezoso. Aquella relación debía haber terminado hacía mucho tiempo.

—Tal vez ya va siendo hora de que pensemos lo que está ocurriendo entre nosotros.

Sophie asintió secamente, a pesar de que parecía que el suelo se le había abierto bajo los pies. Sin embargo, no iba a suplicar ni a pedirle nada.

–Tu empresa ha vuelto a tener beneficios. Tu hermano ha desaparecido y ha regresado a los Estados Unidos y ya no es necesario que tomes parte activa en la dirección de la empresa. Las personas adecuadas ocupan los puestos clave para dirigir el barco. Puedes hacer lo que desees. Regresar a la universidad, buscarte otro trabajo... o cruzar el Atlántico para reunirte con tu hermano.

–O irme a Francia

–¿Cómo has dicho?

–Llevo un par de semanas pensándolo.

Javier no sabía de qué estaba hablando ella.

–¿Pensando qué, exactamente?

–El puesto de Ollie aún sigue vacante –respondió ella pensando sobre la marcha–. Y tiene que ver con Marketing, que es algo que he descubierto que me gusta bastante y se me da bien.

–¿Y has estado pensando en marcharte a Francia?

Sophie se irguió. ¿Acaso pensaba Javier que no era lo suficientemente buena para el trabajo?

–Más o menos estoy decidida –declaró con firmeza–. He encontrado comprador para la casa, como ya sabes, y parece que está decidido a adquirirla como está y terminar él mismo las reformas que he empezado. Por lo tanto, no hay nada que me sujete aquí, aparte de mi madre, claro está, y creo que estará encantada de poder venir a verme a París una vez al mes. Por supuesto, yo también puedo ir fácilmente a Cornualles a verla.

–Entonces, ¿me estás diciendo que has estado pensando todo este plan a mis espaldas?

–No se trata de un plan, Javier... No estoy segura de cuándo, pero al ver esa fotografía tuya en el periódico...

–¡Por el amor de Dios! –exclamó él–. ¿Qué diablos tiene que ver una fotografía de un tabloide con todo esto?

–Me ha hecho darme cuenta de que ha llegado la hora de dar el siguiente paso.

–¿El siguiente paso? ¿De qué siguiente paso hablas? –le preguntó Javier. Comenzó a mesarse el cabello con los dedos. Se sentía como si le hubieran quitado la alfombra de debajo de los pies y no le gustaba esa sensación–. ¡Por supuesto que no puedes irte a Francia! ¡Es una idea descabellada!

–Tú puedes hacer lo que quieras con quien quieras, Javier, pero es hora de que yo vuelva a salir con hombres y que conozca a alguien con el que compartir mi vida... Siento que mi juventud se ha quedado en un *impasse* y ahora tengo la oportunidad perfecta para recuperarla.

–¿En Francia?

–Así es.

–¿Y si no hubieras visto nunca esa fotografía? ¿Qué habría ocurrido?

–Era simplemente cuestión de tiempo. Y ese momento ha llegado.

–Me estás diciendo, después del sexo que hemos compartido, que quieres dejarlo... –dijo. Entonces, soltó una carcajada de incredulidad.

Sophie sintió deseos de darle un bofetón ante una reacción tan arrogante.

–Te estoy diciendo que ha llegado el momento cuando tiene que haber algo más que sexo. Por lo tanto, he decidido ir a buscar mi media naranja.

–¿Que vas a buscar tu media naranja? –repitió Javier. Se odió a sí mismo por prolongar aquella conversación. En el momento en el que Sophie empezó con lo de la fotografía, debía haber terminado con ella. No necesitaba que nadie le dijera que tenía derecho alguno sobre él–. Está bien –añadió levantando las manos–. Pues buena suerte, Sophie. La experiencia me ha enseñado que algo así no existe. Me sorprende que, dado tu pasado, no lo hayas aprendido tan bien como yo.

–Más bien al contrario –replicó ella. Sintió náuseas al ver que él se dirigía hacia la puerta–. La vida me ha enseñado que hay un arcoíris a la vuelta de cada esquina...

–Qué horterada...

Se despidió de ella con un saludo militar. Sophie permaneció donde estaba mientras él salía de la cocina. Y de su vida para siempre.

De España a Francia.

Cuando lo pensaba, tenía sentido. No había participado en modo alguno en la empresa de Sophie desde hacía más de tres meses. Había delegado su responsabilidad en uno de los directivos en los que más confiaba y se había retirado de la escena. Había cumplido con su palabra. La empresa estaba surgiendo de sus cenizas y lo estaba haciendo en un tiempo récord. Era una historia de éxito.

Él, por su parte, había seguido con su vida. Estaba centrado en otra absorción y, además, acababa de disfrutar de unas buenas vacaciones con sus padres. Los había convencido para que le permitieran comprarles una casa en la playa al sur de Francia, donde podrían ir siempre que quisieran relajarse. Además, les había prometido que se reuniría allí con ellos al menos tres veces al año y pensaba cumplirlo.

De algún modo, había comprendido el valor de la relajación. ¿Qué importaba que no hubiera podido hacerlo en compañía de ninguna mujer desde que salió de la vida de Sophie? Había estado muy ocupado.

Sin embargo, estaba en España. Francia parecía estar tan cerca... Si iba a París, era lógico pasarse a ver a Sophie y comprobar cómo le iba, algo que, por otro lado, era su deber como jefe suyo que era.

Tomó su decisión en cuestión de segundos. Ya se estaba alejando del mostrador de primera clase, pero regresó rápidamente.

Un billete a París. En el siguiente vuelo. Primera clase.

Sophie entró en su apartamento y cerró la puerta con fuerza. Hacía tanto frío fuera...

Iba vestida con varias capas, pero, aun así, el duro viento parecía encontrar cualquier resquicio para colarse y lograr alcanzar la suave calidez de la piel.

Se quitó el gorro, la bufanda y los guantes y miró a su alrededor. ¡Había tenido tanta suerte en encontrar aquel apartamento! Era pequeño, pero muy cálido, cómodo y con una localización muy conveniente para ella. Y París, por supuesto, seguía siendo tan hermoso como recordaba... Había conseguido dejar su zona de confort y, en aquellos momentos, estaba viviendo en una de las ciudades más hermosas del mundo. Estaba segura de no equivocarse al decir que había muchas mujeres de su edad que habrían dado cualquier cosa por estar donde ella se encontraba en aquellos momentos. Si iba a pasar una noche de viernes en casa sola, sin más planes que acomodarse con su tableta vestida con su pijama de franela, era simplemente porque hacía mucho frío... Cuando llegara la primavera, saldría a buscar pareja, tal y como se había prometido hacer antes de abandonar Inglaterra. Por el momento, estaba perfectamente feliz relajándose en casa.

Cuando el timbre la puerta sonó, no se movió del sofá. Dio por sentado que se trataba de alguien vendiendo algo y ella no tenía interés alguno por comprar nada. Al ver que el timbre no dejaba de sonar, apretó los dientes y se dirigió como una bala hacia la puerta para abrirla, dispuesta a decirle al desconsiderado visitante lo que pensaba de él.

Javier no había dejado de apretar el timbre ni un segundo. Sabía que ella estaba en casa. Tenía un apartamento en el sótano y veía las luces encendidas a través de las cortinas.

Desde que se marchó de España, no había cuestionado ni una sola vez su decisión de ir a visitarla, pero, cuando se encontró frente a la puerta y oyó que ella se acercaba, sintió que se le hacía un nudo en el estómago.

Se irguió cuando ella abrió la puerta y, al verla, le ocurrió algo sorprendente. Perdió la capacidad de pensar. Sophie llevaba el cabello suelto e iba vestida con un grueso pijama de franela. Sin sujetador.

–¿Siempre abres tu puerta a los desconocidos? –le preguntó él.

–¡Javier! –exclamó ella al verlo.

Sophie creía haber avanzado en la vida al mudarse a París y empezar allí una nueva. Sin embargo, al ver a Javier apoyado contra su puerta, vestido con unos vaqueros negros, un jersey del mismo color y el abrigo por encima del hombro, supo que seguía en el mismo lugar en el que había estado antes de llegar allí.

–¿Qué estás haciendo aquí? –le preguntó–. ¿Cómo has averiguado dónde vivo?

–Los ordenadores son unas herramientas maravillosas. Te sorprendería toda la información que revelan, en especial considerando que trabajas para una empresa de la que soy dueño en parte.

No se había parado a pensar qué clase de recibimiento le haría Sophie, pero jamás había pensado que se mostraría tan hostil. De repente, se sintió muy vulnerable. Enfermo.

–Vete. No quiero verte...

Javier colocó la mano sobre el marco de la puerta para evitar que Sophie le diera con ella en las narices.

—He venido...

—¿Para qué? —le espetó ella.

—Yo...

Sophie abrió la boca, pero volvió a cerrarla. No comprendía lo que estaba pasando. Javier parecía turbado. Confuso. Inseguro. ¿Desde cuándo Javier se mostraba inseguro?

—¿Te encuentras bien? —le preguntó. Se apiadó de él lo suficiente como para dejarle entrar en el apartamento. Entonces, cerró la puerta y se apoyó contra ella.

—No —respondió él mirándola fijamente.

—¿Qué es lo que dices? ¿Estás enfermo?

—¿Podemos sentarnos en alguna parte?

—¡Dime primero qué es lo que te pasa! —exclamó ella.

Se acercó a él y le colocó la mano sobre el brazo. No sabía lo que le ocurría, pero, fuera lo que fuera, ciertamente Javier no parecía el mismo.

—Te he echado de menos —susurró él antes de que pudiera contenerse.

—¿Que me has echado de menos? —repitió ella con incredulidad.

—Me has preguntado qué es lo que me pasa.

—¿Y echarme de menos está mal? —quiso saber ella.

De repente, algo en su interior estalló y le hizo querer reír y llorar al mismo tiempo. Tuvo que recordarse que Javier no había mencionado nada de amor. Si la estaba echando de menos, lo más probable era que echara de menos su cuerpo, que era algo completamente distinto.

Los dos se dirigieron al salón y tomaron asiento en el sofá.

—Jamás... jamás he echado de menos a nadie... —confesó Javier.

—En ese caso, es algo bueno.

–No me podía centrar –admitió él–. No podía dormir. Te metiste en mi cabeza y no te podía sacar de ella.

Sophie sintió que el corazón le cantaba. No quería hablar. ¿Y si rompía aquel momento?

–Ya sabes que te deseaba... Creo que, en realidad, jamás dejé de desearte. Por eso, cuando tu hermano se presentó en mi despacho, me imaginé que se había dado la manera perfecta de acabar con ello para siempre. Un sencillo intercambio de favores. Dinero a cambio de un poco de diversión entre las sábanas. Sin embargo, entonces decidí que quería mucho más que eso... No quería una amante de mala gana que estuviera motivada por las razones equivocadas.

–¿Estás dando por sentado que yo me habría revolcado entre las sábanas contigo solo por dinero? –le preguntó. Se sentía furiosa.

–Soy muy arrogante –admitió con una media sonrisa–, tal y como tú me has dicho un millón de veces. Pensaba que sería una noche, tan sencillo como eso, pero cuando me dijiste que tú eras virgen, que tu esposo era homosexual...

–Sobre eso...

–Acostarme contigo esa primera vez fue maravilloso. Y no fue solo porque jamás me había acostado con una virgen antes, sino porque esa persona eras precisamente tú...

–Debería contarte una cosa –dijo ella, antes de que él pudiera continuar–. Roger no era homosexual. Más bien lo contrario. Le encantaban las mujeres.

–Pero tú dijiste... –comentó Javier atónito.

–No, Javier. Lo dijiste tú. Es una historia tan larga... Siento si te dejé que pensaras que Roger era...

Roger la miró fijamente.

–Cuéntamelo todo desde el principio –le dijo lentamente.

–Está bien. Yo había estado tonteando con Roger antes de ir a la universidad. No sé por qué, pero él estaba siempre a mi alrededor y supongo que me dejé llevar. Resultaba cómodo. Nos relacionábamos en los mismos círculos, teníamos los mismos amigos... Su madre murió cuando era pequeño y su padre y él se pasaban mucho tiempo en mi casa. Cuando su padre murió, se convirtió prácticamente en uno más. Estaba loco por mí y creo que mis padres asumieron que terminaríamos casándonos. Entonces, yo me marché de casa para ir a la universidad. En ese momento, todo cambió. Roger no quería que yo fuera a la universidad. Era tres años mayor que yo y no había ido. Había hecho un curso y había empezado a trabajar directamente para una empresa local. Sus padres habían tenido mucho dinero y, por lo tanto, él había heredado todo dado que era hijo único. Por lo tanto, no había necesidad alguna de estudiar. Además, no era demasiado inteligente –suspiró–. Él quería divertirse y tener una esposa que cuidara de él. Sin embargo, en cuanto fui a la universidad, me di cuenta de que no le amaba. Me gustaba, pero no lo suficiente para casarme con él. Se lo dije, pero no me hizo caso. Entonces, te conocí a ti y... dejó de preocuparme si era feliz o no. Dejé de preocuparme por todo y por todos. Solo me preocupaba por ti.

–Y, sin embargo, terminaste casándote con él. No tiene sentido.

–Mi padre me pidió que regresara a casa. Fui inmediatamente porque sabía que tenía que ser importante y me preocupaba que fuera mi madre. Su salud no había sido buena y todos estábamos muy preocupados por ella. jamás me imaginé que lo que mi padre me iba a decir era que estábamos en bancarrota –susurró ella. Respiró profundamente–. De repente, empezaron a ocurrir todas las

cosas malas posibles y lo hicieron a la vez. La empresa.
Mi padre admitió que tenía cáncer y que era terminal.
Roger se me presentó como la única solución posible.

–¿Por qué no recurriste a mí?

–Quería hacerlo, pero ya me estaba costando bastante
defenderte sin presentarte a mis padres. Ellos no querían
tener que ver nada contigo. Dijeron que Roger aportaría
el dinero que necesitábamos para revitalizar la empresa
y sacarnos de los números rojos. Mi padre temía no seguir con vida el tiempo suficiente para salvar la empresa.
Se sentía muy culpable por haber permitido que la empresa llegara a ese punto, pero creo que sus propias preocupaciones personales, que no le había contado a nadie,
debieron de ser enormes. Me dijeron que lo que sentía
por ti era algo pasajero. Que era joven y que, a la larga,
no serías bueno para mí. No formabas parte de mi clase
social y, además, eras extranjero. Con esas dos cosas
hubiera bastado para condenarte, pero, si no hubiera
sido por lo que estaba ocurriendo en la empresa, no creo
que me hubieran obligado a casarme.

–Pero te convencieron de que casarte con Roger era
vital para la empresa. Con tu padre enfrentándose a la
muerte, no había tiempo para largos debates...

–No lo habría hecho. Estaba tan enamorada de ti... Se
lo dije a Roger. Le supliqué que lo viera desde mi punto
de vista. Sabía que, si él me apoyaba, mis padres podrían
olvidarse de la boda. Sin embargo, él no me apoyó. Se
puso enfermo de ira y de celos. Se marchó en su coche.
Por aquel entonces, tenía un deportivo rojo...

–Y se estrelló, ¿verdad? Y tú te sentiste culpable...

–Así es. Fue un accidente muy grave. Roger estuvo
en el hospital durante casi dos meses. Cuando estaba a
punto de salir, yo ya me había resignado. Incluso empecé a creer que tal vez mis padres tenían razón. Tal vez
lo que sentía por ti era un espejismo, mientras que con

Roger tenía una historia común que, a la larga, podría ser más poderosa.

–Sin embargo, no fue así...

–No. Fue un desastre desde el principio. Nos casamos, pero el accidente había cambiado a Roger. Tenía muchas secuelas. Rápidamente se convirtió en adicto a los analgésicos. Antes jugaba al fútbol, pero ya no podía. Nuestro matrimonio se convirtió en un campo de batalla. Me culpaba por todo y, cuanto más me culpaba, más culpable me sentía yo. Tenía aventuras, que me contaba sin pelos en la lengua. Y lo que hizo en la empresa ya lo sabes. Derrochó muchísimo dinero, pero no había nada que yo pudiera hacer porque se volvía muy violento rápidamente. Cuando murió... yo había dejado de ser la misma...

–¿Por qué me dejaste creer que era homosexual?

–Porque pensé que, si te contaba toda la historia, sabrías lo mucho que significabas para mí entonces y rápidamente deducirías que eso no había cambiado. Además, siempre me había sentido avergonzada de dejar que me persuadieran para hacer algo que no quería hacer...

–Cuando dices que eso no había cambiado...

–Sé lo que esto significa para ti. Pensaste que yo me había cansado de ti y, cuando tuviste la oportunidad, te imaginaste que podías tomar lo que debería haber sido tuyo siete años atrás. Durante un tiempo, yo me engañé haciéndome creer que eso era lo que yo también quería. Llevaba siete años soñando contigo y se me había dado la oportunidad de convertir esos sueños en realidad, pero para mí era mucho más que eso. No querrás escuchar esto, pero te lo diré de todos modos. Jamás dejé de amarte. Eras el hombre de mi vida, Javier. Y siempre lo serás...

–Sophie... –susurró él. Se acercó a ella y entrelazó los dedos con los suyos–. Te he echado tanto de menos... Pensé que podría poner distancia entre nosotros, igual que pensé que podía acostarme contigo para solucionar de manera sencilla el problema de no haberte podido olvidar a pesar de los años. Tú me dejaste tirado y te casaste con otro hombre. No importaba cuántas veces me dijera que era mejor haberme librado de ti porque creía que me habías utilizado. A pesar de todo, era incapaz de olvidarte. Nos acostamos juntos y, en un abrir y cerrar de ojos, mi vida cambió. Que tú no formaras parte de ella era impensable. Me domesticaste hasta el punto de que no quería estar en ningún sitio a menos que tú estuvieras a mi lado. Me dio miedo, Soph. De repente, sentí que los muros se cerraban a mi alrededor. Reaccioné por instinto y salí huyendo.

–Pero ahora has vuelto... Sin embargo, no puedo tener una relación contigo, Javier. No puedo volver a vivir día a día, sin saber si tú vas a decidir que te has aburrido de mí y te tienes que marchar.

–¿Y cómo podría yo aburrirme de ti, Sophie?

Le tocó ligeramente la mejilla con los dedos. Sophie se dio cuenta de que él estaba temblando.

–¿Acaso no ves lo que necesito decirte? No es que te desee solamente. Te necesito. No puedo vivir sin ti, Sophie. Me enamoré de ti hace siete años y sí, eres lo más importante de mi vida y siempre lo serás. ¿Por qué crees que he venido hasta aquí? Porque tenía que hacerlo. No podía soportar estar separado de ti ni un solo minuto más.

Sophie se arrojó a sus brazos y él la estrechó con fuerza, riendo de felicidad.

–Entonces, ¿quieres casarte conmigo? –le susurró él al oído.

Sophie se retiró un instante. Tenía una amplia sonrisa en los labios. Quería reír y gritar al mismo tiempo.

–¿Lo dices en serio?

–Con cada gota de sangre que me fluye por las venas.

Déjame que te demuestre lo maravilloso que puede llegar a ser el matrimonio –le dijo riendo–. Jamás pensé que me oiría a mí mismo decir algo así.

–Yo tampoco –admitió Sophie. Le besó suavemente y se retiró para mirarle a los ojos–. Y ahora que lo has hecho, no te voy a permitir que te eches atrás. Por lo tanto, sí, amor mío, me casaré contigo.

Bianca

¿Qué haría cuando descubriese que ella tenía un secreto que tal vez no pudiese perdonarle jamás?

Una deliciosa noche de pasión en la cama de Larenzo Cavelli le había cambiado la vida entera a Emma Leighton. Al amanecer, ya supo que Larenzo iba a pasar el resto de su vida en la cárcel y que no volvería a verlo jamás.

Larenzo había ido a la cárcel por culpa de una traición. Dos años después, había conseguido limpiar su nombre, y estaba dispuesto a recuperar su vida… empezando por Emma.

HARLEQUIN *Bianca*

KATE HEWITT

TRISTE AMANECER

TRISTE AMANECER
KATE HEWITT

Deseo

CRISTO

Enredos de amor

BRONWYN JAMESON

Su nuevo cliente era endiabla-
damente guapo, con un encanto
devastador... y escondía algo.
¿Por qué si no iba a interesarse
un hombre tan rico y poderoso
como Cristo Verón por los servicios domésticos de Isabelle
Browne? Sus sospechas se
confirmaron cuando descubrió
su verdadera razón para contra-
tarla. Y, sin saber bien cómo,
aceptó su ridícula proposición.
Cristo protegería a su familia a
cualquier coste, y mantener a
Isabelle cerca de él era esencial
para su plan. El primer paso era

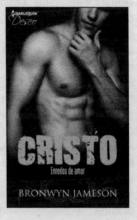

que ella representara el papel de su amante, pero no
había contado con que acabaría deseando convertir la
simulación en realidad.

De sirvienta a querida

Bianca

Utilizaría el deseo que no habían saciado durante cinco largos años para que ella volviese a su lado

El cuento de hadas terminó para Petras cuando el reloj dio las doce el día de Año Nuevo y la reina Tabitha, que se negaba a seguir soportando un matrimonio sin amor, pidió el divorcio a su marido. Pero la furia se tornó en pasión y cuando Tabitha se marchó del palacio estaba esperando un heredero al trono.

Al descubrir el secreto, Kairos decidió secuestrar a su esposa. Con el paradisiaco telón de fondo de una isla privada, le demostraría que no podía escapar de él...

PROMESA DE DESEO
MAISEY YATES